滄海叢刊

金排附

鍾延豪 著

1980

東大圖書公司印行

行政院新聞局登記證局版臺業字第〇一九七號

中華民國六十九年四月初版

金排附

基本定價壹元陸角叁分

著作者 鍾延豪
發行人 莊剛彰
出版者 東大圖書有限公司
總經銷 三民書局股份有限公司
印刷所 東大圖書有限公司
臺北市重慶南路一段六十一號二樓
郵政劃撥一〇七一七五號

序

葉石濤

鍾延豪的這本短篇小說集總共收錄着十二篇小說，而這些小說大都是我所熟悉的。我不知他從什麼時候開始寫作，不過大約從前年冬天我就陸續地讀過他的幾篇極其精彩的短篇小說；頭一篇似乎是「過客」，最後一篇是獲得去年時報文學獎的「高潭村人物誌」。如果我猜得不錯，他的寫作年齡應該是這一年多來的事，而這十二篇小說中倒有幾篇小說，如果套用日本作家慣用的一句話來說，恰巧是「珠玉」似的佳構。他這種雄厚的寫作潛力，不僅像我這樣老朽作家能看得出來，而在年輕作家中也有好多人自嘆弗如了。難怪除「高潭村人物誌」之外，「故事」獲得了吳濁流文學獎。當我和彭瑞金先生編選「一九七九年臺灣小說選」的時候，幾乎沒經過任何慎重的事先商討就同時看上了他的另外一篇小說「華西街上」，很快樂的把此篇小說收進去。這說明了他的小說曾經給我帶來的深刻感觸。如此說來，難免有溢美之詞過多之嫌，其實這並非說我對鍾延豪有什麼「情有所鍾」，只不過是他的小說寫得動人心弦，不容易抹去強烈的印象罷了。

這三十多年來像我這樣的老朽作家，心裏一直期待着年輕一代的作家在臺灣的小說藝術上拓開嶄新的一個領域，把中國的傳統寫實主義手法與現代的歐美現代小說技巧結合起來，以卓越的作品敲開通往世界文學之門戶，替國家民族爭一口氣。究竟老作家的時代已過去，這三十多年來經歷的滄桑業已證明他們並非那後來用聖靈施洗的真主「耶穌」，而頂多只是替後來者開路的那用水施洗的先知「約翰」罷了。老一代的作家身上揹負着沉重的歷史底枷鎖，縱令有出類拔萃的才華也很難擺脫過去的亡靈；時代所帶來的誤解與裂縫旣已造成，自然也鮮有釋然豁朗的心胸去凝視在眼前展開的現代各種世相瞬息卽逝的多變。

像鍾延豪這樣年輕的作家可能成為那被期待的「後來者」。顯然他們的包袱比老作家少。他們沒經驗過太平洋戰爭可怕的窮乏時代，也不知工業起飛前臺灣社會艱辛的奮鬪歲月，他們從小理所當然地接受現代社會豐裕的物質生活，同時吸收消化了多種文化價值系統，他們的精神負擔比前一代少，他們成熟得比前一代作家快。

鍾延豪寫得特別深刻的幾篇主要小說，都以前輩作家未敢嘗試的世界為其描寫的對象，雖然突破某些人認為禁忌的觀念為小說題材時，他的文筆是含蓄而抑制的，但仍然隱隱含有評估與陰喻的意味在內。作者深厚的人道主義精神有助於克服處理題材時產生的各種障礙，給這些小說世界帶來富於陰翳的動人意象。這些小說群同時也構成了鍾延豪獨異的作品風格；如「金排附」、「荒城」、「歸」、「陰溝」、「過客」、「故事」等是屬於一系列的此種小說。這些小說群有些從正面一針見血地戳進問題的癥結所在，有些却是只描寫冰山浮現在海面上的那一角，讓人去猜度，而這種猜度也並不難，我們很快就會捕捉到事實的真相。這些小說充分證明了鍾延豪的心靈裏，容納了中國傳統的文化價值系統，這已經構成了他血肉的一部分，也是他真實的生活現實，他既沒有排斥之意念更沒有詫異與陌生感，就他而言，他能毫無困難、來去自如地踏進他們的心靈世界裏去察看；因為他是他們中間道地的一個成員。在鍾延豪的小說裏，我們看到猜疑與彷徨的結束。

以「高潭村人物誌」為中心的其餘一系列小說群却是描寫鄉土生活的，不過他描寫的對象並不像衆多鄉土作家那樣只關注於農民及圍繞農民的事務，他的小說背景較廣大，有鄉村，有城市；然而似乎也有共通的特色；小說人物都是在社會底層掙扎的可憐蟲，而他筆下的鄉村或城市却是破敗、隱秘的一角。如果說每一個作家呈現出來的小說世界都反映了作家潛意識裏的某種夢魘，那麼鍾延豪的內心裏一定始終存在着洞悉人性機微的分裂的自我；否則他無法機智地捕捉了「脚步」這一篇小說裏，那妓女的反常、荒蕪、殘酷的人性頹廢。這樣的才華並不能依靠經驗和學習去獲得；這是天資，蓋在頭額上作家的烙印呢！

金排附目次

高潭村人物誌

楔子

要很清楚的去敍述一個小鄉村的歷史，恐怕在我們這個時代裏是很難的事了。所幸的，我們對于山村的鄉農野老們，總算還存有着一股緬懷的思緒，那怕那些喋喋不休、聒噪著不肖子孫的謾語，是那樣深深的引起我們的厭煩，却也在不知不覺中，勾勒出歷史的大貌來。那麼因著這樣的緣故，當我們這些後輩的小子們，瞪大了雙眼去驚訝舊事時，對于老死的上一代人來說，便也是高潭村的得意了。

一　癲坤仔傳奇

癲坤仔活着時，沒人關心他。及至他死在街頭，還是沒人注意他。不過他的一生，總算是輝煌過的，尤其是在他死前的幾年裏，他的名聲竟然遠播到左右鄰村，這對於山脚下的高潭村來說，無論如何是件偉大的事了。

癲坤仔本名吳清坤，是村裏祥順伯的大孫子。祥順伯年輕的時候，靠着家裏的產業開設碾米廠，幾年之間倒是賺了不少錢，雖然在日據時期匱乏的時代裏，仍然算是富有的人家。

這樣體面的大戶出了如此瘋癲的子弟，村人無不愕然。可是儘管大家爭相猜測著，直到如今，村人們對於癲坤仔發癲的原因，仍然不能了解，只知道那是發生在癲坤仔當了憲兵補之後的事罷了。

在民國××年的日據時期裏，按照規定臺灣人是不能當兵的，不過就在癲坤仔二十四歲那年，日本敗象已露，在臺頒佈了徵兵令，開始徵召中學的學生充任憲兵補，而癲坤仔便是其中的一員。

所謂憲兵補雖然不算是眞正的憲兵，但也是需要具備良好的體魄以及相當的知識才能榮任的。對於本地人來說，這已經是不得了的大人物了。癲坤仔於是得意的披上了皇軍的服裝。

癲坤仔從落地開始便受着日本敎育，對於日本皇民化多少存有一點天眞的想法，他嚮往凜凜威武的軍裝，更無時不爲自己同胞的遭受侮蔑爭一口氣，當他魁梧的身材穿上憲兵補的服裝後，他顯然使村民以他爲榮了。他滿臉英氣，聲音洪偉，言行之間所表露的總是一股懾人的軍人氣勢。

他受訓完畢便調往鄰莊服勤，此後高潭村便不再有他的消息。倒是一些村人曾經看到過他，無不豎起大拇指稱讚，一致認爲他會是個將軍的上好人才。

這樣雄偉的癲坤仔又怎會發癲呢？這是高潭村民的一大疑問，只是那時戰爭已到了結束的階段，凋敝的家園需要重建，而當人人忙於餬口之時，對於這個問題也就無法詳察了。

然而這一切的發生顯然都與戰爭有關，癲坤仔生長在日本人統治的時代裏，他所接受的皇民教育，曾經那樣清楚的告訴他：每個臺灣人都應以血管裏流的不是大和民族的血爲恥——他正是這樣一個功課好，聽話而且知道上進的青年，他無時無刻不在效忠着天皇，爲東亞共榮的天命而努力。

也正因如此，憲兵補的地位使他確認已經做到了這一點，他上不愧對天地，下不愧對父母，更使自己同胞卑屈的地位，多少提昇了起來，因此他洪亮的聲音，更加在維護皇軍尊嚴的斥罵中表露出來。

可是日本戰敗了，臺灣終於歸回祖國的懷抱之中，也許除了落荒而走的日本人外，癲坤仔所受的打擊也最痛最深，他無法相信日本戰敗的事實，却更無法拋棄「日本精神」的烙印。

當時的情形，村民是不太能知道了，總之他不知何時突然悄悄地回到高潭村，開始出現在車站附近。他衣衫襤褸，滿臉鬍髭，尖削泛黃的臉龐，唯見深陷無神的眼眶。他蜷伏在角落裡，時而喃喃低語，時而逢人便罵：

「巴格，站好。」

「那尼喋……」

這時祖國的軍隊已經開進了村裏，村民在五十年來日人的桎梏裡，終於見到了祖國的軍人，於是莫不歡天喜地的到街頭迎接，然而在一片鞭炮聲中，癲坤仔更癲了。

他原先蹲在牆角打鼾，一抬頭看到草綠軍服，先是一楞，繼而精神奕奕地從地上爬起，手舞足蹈的擠進軍人隊伍中，高聲便唱起軍歌來。

然而他唱的却是日本歌，惹得阿兵哥嘩然笑成一團，但他猶不自覺的繼續唱著，這時的他，昂頭挺胸，眉宇間充滿了自信與得意的神情，可是這與他的邋遢形象，更使旁觀的村人愕然。隊伍漸漸過去了，癲坤仔前後左右的繞著行列打轉，當他看到隊伍後面走過幾個穿著草鞋的伙房兵時，他在那一刹那間突然變了神色，氣沖沖地衝到一雙草鞋前面，便開始罵了起來：

「巴格耶魯……立正。」

「清國奴喋，站好，皇軍喋……」

幾個兵士皺皺眉頭避開了他，並不理會癲坤仔氣急敗壞的怒罵，他怔怔的站在路中央，淚水在髒臭的臉上，緩緩淌落，留下兩道清晰的淚痕。

這以後，癲坤仔便守在車站不離了。高潭村的軍人不少，他逢著便罵，不過那也只是些含糊的囈語，再沒有人能從他的話語中聽出有意義的話來了。

村民們因這件事情感到很不自在，不願理會他，倒是街上的孩子們喜歡逗著他玩，故意用石頭丟他，讓狗去嚇他，不過，對於癲坤仔來說，這些又有什麼關係呢？

他在幾年以後的一個多天，被人發現殭死在車站後的水溝中，時年五十歲。他的同房哥哥正好在抗日烈士紀念亭的後面有塊茶園，便將之葬在紀念亭後面。不過那時紀念亭還不曾修建起來，只有一個大塚及荒草罷了。

二　阿福伯公的一生

阿福伯公的名字在高潭村是無人不知的，一方面由於他是德高望重的卸任校長，另方面就是德國狼犬瑪利亞使然了。

他年紀很大了，但是托每天清晨早起運動的福，身體總還是硬朗朗的沒有一點老態。他常常自得的說：

「生病？喝！從來不吃藥的呢，我這身體啊！是德國製的呵……哈……。」

阿福伯公沒有吃過藥是眞的。不過在他八十歲那年，村民們記得有一陣子，他是顯得老態龍鍾而臉有倦容。這個當然跟他的德國搭檔瑪利亞有直接的關係。

是一個傍晚吧，住在公墓邊上的人都知道，快六點的時候，太陽已經下山了，只剩下暈暈淡淡的殘紅在天邊遲疑著。阿福伯公十九歲的孫子林明，推著板車，載了一個大蔴袋往墳場後面的小路走去。阿福伯公臉色哀戚的在後面踱著步。

那總是很令人痛心的景象哩，一老一少低頭不語的走在荒路上，使得大家都同情的低下頭來，連招呼也不敢打，便匆匆別過頭去。

那個蔴袋裝的，便是跟了阿福伯公二十幾年的狼犬瑪利亞了。這狼犬的去世，使阿福伯公爽朗的笑聲消失了。雖然對阿福伯公來說，一條狼犬死去，算不了什麼，但到底瑪利亞跟了他二十幾年，想要不傷心也不行。何況，阿福伯公也因此更加體會到自己老境的到來。

總的說起來，阿福伯公在這一生中，是沒有什麼不滿意的事的。日本人來到臺灣時，他正好七歲，村人轟轟烈烈的抗日他是親眼見過幾回，而半山坡上，偸偸掩埋戰死村民的事，他也印象深刻，在他幼小的心靈裏，却是深深的烙下了異族來犯的創傷。

不過孩子終歸是孩子，在山野裏胡亂跑的當兒，他把什麼事都忘了。他的父親看看這種情形委實不是辦法，便想盡一切所能，偸偸地讓他跟著塾師學習漢文。

阿福伯公生性穎悟，沒有幾天，塾師的「人生必讀」「增廣賢文」便已經難不倒他。塾師拚了命，把壓箱的本領也拿出來敎了，却只換來阿福伯公數日的安靜，於是只得任著他去遊蕩，坐在水邊放牛了。

那時阿福伯公十六歲，整日坐在湖邊咬著青草發呆。對於有天份的孩子來說，這樣做自然是一件很痛苦的事。他的頑固父親，終於答應他去接受敎育，上了日本公學校。

幾乎是從答應阿福伯公讀日本書的同時，他的祖父便開始反對，那時候，那個人不是腦勺子後面蓄著長辮子的？而公學校的學生却腦後空空的留著東洋頭，這對於老一輩的人來說，簡直是干犯天命的大逆了。

幸好阿福伯公有著堅毅的性格，以及不凡的說服力，他終於剃了個東洋頭，搖著光腦勺子上學去了。

阿福伯公讀日本書的事，在村莊裏算是不可一世的大事，每個人都以羨慕的眼光盯著他，尤當他穿上黑色的學生服，高挺的身材在莊上走動時，簡直就像已作了官似的氣派十足。

阿福伯公十六歲入學，四年後由於成績優異，便提早畢了業去參加總督府國語學校入學會考。他一試卽中師範部，二十歲那年便成了有著無限前途的師範生。

那時候的臺灣在日本高壓政策的統治下，一切均以軍管來實施，爲了更加强鎮壓以及炫耀武力，連教書的老師們，也分得了文官的職位。這麼一來，二十四歲從師範畢業的阿福伯公，便名符其實的做起官來。

既是做官，是有官服的。他足登馬靴，腰佩長劍，肩飾金帶閃閃之中，加上一頂文官帽，確是集英豪武勇於一身。

此時他年輕血勇，對於這種散發著撼人的氣勢極感滿意，他因此感到生命沒有虛渡，而以往所作的努力也就全有了代價，更重要的，從此，他可是青雲直上，爲家門爭光了。

阿福伯公的簡史大致如此，以後的歲月中，他娶妻生子，官位至校長職而顯赫至今。

日本統治臺灣的後期，阿福伯公已是半百的人了，由於大漢民族的自識及日本武士道的軍事傳習，他仍然充滿了威勇的氣質而毫無老態。雖然他偶爾也因年華不再而稍感唏噓，但他清楚的知道，這是人生必然的程序，不必悲哀，他於是花錢買了一條名貴的德國狼犬，藉以自娛。

就在買了狼犬的第二年吧，日本人開始大量徵召臺灣壯丁入伍，村子裏的子弟一個個被抓去了南洋，趕往了他鄉，阿福伯公見著那些子弟含淚的爬上卡車，而遺留的婦孺，在滾滾煙塵中嚎啕大哭，不禁悲從中來。這些人命都不值得皇軍眨下眼嗎？阿福伯公開始湧起了民族的自覺，而幼年時，先輩們抗日的慘劇更一一在眼前顯見，他搖搖頭，抓著皤然白髮，只能含著淚水在盼望中等待著美軍飛機的到來。

也就在這個時侯吧，阿福伯公便不曾再講過日本話了，他同時勸導村民不必再咒罵美國人，不要因爲他們來轟炸臺灣，就以爲是自己的敵人。

「其實，那是來炸日本人的。」

他這樣的告訴大家，也同時提醒他自己，然而當一棟棟房舍倒塌，而時見斷肢殘骸的鄰人從瓦礫中尋出時，他却只能深深地爲自己的同胞而哀傷，爲時代的殘酷而悲痛不止了。

三　狼犬瑪利亞

在林明的記憶中，幼年時期的兩件事，是他難以忘懷的，癩坤仔的癩狀是其中之一，另外，便是狼犬瑪利亞了。

瑪利亞是林明的祖父阿福伯公所養的一條德國狼犬，在光復初期的年代裏，狼犬在村莊是極少見的。而且一般人家的狗，不是喚作「庫洛」「庫馬」便是「脫米」之類的日本名字。唯獨他家裏這隻遠近唯一的狼犬，却有著一個西洋的名字。

這種事實，毋寧是很使林明驚訝與神奇的，雖然那時候林明才十歲，但每當瑪利亞跟着他四處遊蕩時，馬路上四面響起的「瑪利亞」「瑪利亞來了」的喚聲，便使他更加神氣起來。

至於爲什麼他的祖父阿福伯公，會那麼奇特的養着一隻狼犬，林明固然無從知道，因爲他出生，瑪利亞便繞着他的身邊，替他啣着拖鞋回來了。

當然林明慢慢懂事後，他很自然發現到瑪利亞的與衆不同，他很欣喜的跑到阿福伯公跟前：

「阿公阿公，瑪利亞怎麼叫瑪利亞？」

「瑪利亞就是瑪利亞啊，你怎麼叫林明？」

「阿爸取的啊！」林明閃動着大眼睛。

「那……瑪利亞是阿公取的呀！」阿福伯公撫着小孫子的頭。

「爲什麼嘛……」

「瑪利亞總要有名字啊……去……去玩。」

林明是永遠不會厭煩這些問話的，不過直到瑪利亞死去，他還是弄不清楚，爲什麼阿公要給瑪利亞一個那樣的名字。

「瑪利亞又不是女生？」……

他常常會這樣呶着嘴唇自言自語，不過縱是有著這樣的疑問，到底一個洋名字，却也不曾稍減德國狼犬的威風，那麼，什麼名字又有什麼關係呢？

知道瑪利亞起先有個日本名字，那已是林明十九歲時候的事了。

那時瑪利亞患病已久，趴在地上奄奄一息，阿福伯公找來了村裏所有的獸醫，然而醫生們在診斷後却只有搖搖頭：

「太老了，到時候啦！」

多麼讓人痛心的話啊，林明按捺不住，嚎啕大哭起來，然而祖父的傷心，却彷彿要比林明深些，他翻轉頭去，咽咽的啜泣，嘴裏輕喚著：

「庫洛」「庫洛」

林明以爲祖父因傷心而神智不清了，依著祖父輕道：

「阿公，阿公。」

阿福伯公蹲下身去，輕輕撫弄著毛色黯然的瑪利亞，林明也跟著蹲了下去，祖父說：

「二十幾年了呢。庫洛那麼老了。」

林明見祖父又說出了庫洛的名字，不禁駭然，難道老人便那樣糊塗了？然而他並沒有糾正老人，只怔怔的望著祖父蒼白的頭髮，徒然感受到祖父的年紀像一龐大的壓力，向自己擠壓而來。

拖了三天，瑪利亞終於死去，那是一個傍晚的時分，林明眼見瑪利亞抽搐一陣後，便悠然死去。他出奇平靜的站立著，彷彿瑪利亞已死去多時，早不存在了。

這時阿福伯公已準備了一個木牌：

「狼犬庫洛之墓。」

庫洛？林明這時有點忿然。

「阿公，寫錯啦，瑪利亞之墓才對嘛。」他眞有點生氣了，這麼重要的事，怎會錯呢？

「對，對，庫洛，庫洛，是叫庫洛。」

祖父不理會他，用了兩個蔴袋，好不容易才一前一後的把瑪利亞龐大的身軀裹住。

「可是，不是叫瑪利亞的嗎？」

「以前……是叫庫洛沒錯。」祖父點著頭。

「可是……」

「唉！阿公連這個都會弄錯嗎？」

林明只得將信將疑的跟著點頭。就在他們一老一少，推著手推車往公墓途中時，林明不停的想知道究竟。

「是叫庫洛啊？」

「嗯！訓狗場取的，牽回來後，還是叫庫洛。」

「怎麼改了呢？」

「嗯，換了美國名字。」

「庫洛不好？」

「嗯……」

「甚麼時候改的呢？」

「很久啦……好像你沒出生……喔……改了第三年你就出生啦……」祖父思索著。

「爲什麼改？」

「庫洛……庫洛是……」

阿福伯公好像憶及了很多事情，有點激動起來，不過他旋即「唉」的一聲長長嘆了口氣，林明見祖父如此，也就不敢再問。他深深的體會到祖父對瑪利亞的感情，這麼多年來，瑪利亞不曾離開祖父半步，而……却要葬到這裏了。

他沉重的拉著推車，在無言默默的步伐中，感覺到祖父蹣跚的在後面推動著，而一陣陣推力透過車身傳了過來，林明感到那力量在鼓動之中，竟像推壓在心中的淒楚而刺痛著他。一陣心酸，眼淚又湧了出來。

他抹了下眼睛，翻回頭去，只見太陽已經下山了，血紅的餘暉映在祖父的白髮上，有點慘然有點無奈，他於是更驚見祖父的老邁了。

「不要推嘛，阿公，我拉就好了。」林明說。

「……」

祖父沒答腔，不過仍然使著力。

「阿明，你幾歲了？」祖父突然問。

「十九。」

「十九了？」

「嗯……」

「那你是光復那年生的啦……」

「嗯……」

「是那麼多年啦……」

「嗯……」

「好快……老啦……庫洛也死啦……」

林明怕祖父過度傷心，翻回頭正想把話題扯開時，却發現祖父蒼老的臉上早已淚流滿面了，他祇得胡亂把車停下，隨口說：

「好了吧！阿公……這裏便可以啦……」

話沒講完呢！林明也跟著哭了起來。

好不容易祖孫兩人，把狼犬安葬妥善，祖父說：

「明年再來看看吧？……把木牌豎好做個記號？免得找不到了……說不定……明年我……

……」

林明沒聽清楚最後的那句話，朝著祖父點了下頭。走過來挽扶著祖父。

「走吧！晚了。」

祖父沒再答腔，癡呆的順著林明的扶持轉回了身子。

天要黑了，兩人向回家的路上走去。幾隻鳥雀啁啁的在蒼茫暮色中飛越，林明擁著祖父慢慢走著，遠遠傳來幾聲狗叫，祖父嗯的一聲顫巍巍的哀泣起來。

四　旺仔仙和他的響筒

在高潭村，旺仔仙是個有名的大好人。他約莫六十出頭的歲數吧，清癯的身子，傴僂的腰，再加上酒氣薰天的破嗓子，使人難免聯想到行將就木的肺癆鬼，然而憑著他待人的和氣以及隨和的美德，村莊裏老老少少沒有人不喜歡他。

有一句話是這樣流傳的：「好人沒好報。」也許正恰到好處的適用在旺仔仙身上。不過倒是從來沒人知道，他到底是因爲沒有好報才成爲大好人，或者是因爲他是大好人才沒有好報的。總之他是個大好人的讚語，却從來不爲村民否定過。

事實上，旺仔仙是大好人的說法，却是像謎樣的流傳在村民的嘴中，到底他做了些什麼事，可是少有人知道，尤其歲數小一點的青年，更是只見他醉酒裝癲，而從來沒見他做過好事了。縱然如此，在高潭村四處遊耍的三歲小兒，也會很認眞的說：「旺仔仙是大好人呢。」

高潭村裡，靠近高潭小學的邊上，有個日據時期遺留至今的派出所。派出所內，工友室中住著的就是旺仔仙。

說起來，旺仔仙做工友的歷史，也有數十年了吧。他初來派出所時，在門前種了一棵榕樹，而今這榕樹竟比派出所要高了呢，旺仔仙閒暇時，便是靠在樹旁喝著老米酒的。

在我們這個時代裏，工友當然不算什麼了不起的工作，然而在旺仔仙年輕的日據時期，工友却是連打個噴嚏也要吹走人的威風呢。

那時的旺仔仙就是這樣的威風，巡官在家時他是助手，巡官不在時，他便是巡官了，這樣的顯赫地位，在當時村人的心目中，自然是要恭敬巴結的了。

派出所的邊上，有一三角的瞭望臺，臺上安置了一個警報器，也就是高潭村民稱之爲響筒的東西。

提起警報器，就便得要說說旺仔仙的工作了。

平常旺仔仙的工作，總不外乎打掃、送公事、整理雜物等種種瑣事。雖然偶爾他也被加派些諸如擦擦馬靴，拭拭槍枝的工作，但縱是這樣也不能令自命不凡的旺仔仙滿足，他多半的時刻是很苦惱的。

但事情終於有了轉機，在他二十幾歲那年，派出所邊上突然加蓋了一座三角瞭望臺，而且從上級領回來一個巡官說是「警報器」的東西。那東西就安置在高塔上。

巡官說：「科嘿……警報器喋……重要……交給你喋……。」

對於這天外飛來的恩寵，旺仔仙簡直要跪下來拜謝了。他謹記著巡官說的重要兩字，整天沒事就爬上瞭望臺，擦了又擦，摸了又摸，並時時演練施放的動作。

「一長一短，一長一短，一長一短。」

「嘿……多簡單……」

他咧著嘴巴在瞭望臺上一待便是半個鐘頭。等巡官在底下找不到人而「巴格耶魯」的時候，他才一屁股溜了下來。

「……很要緊喔……」時常他偷偷帶領了幾個朋友，爬到上面去參觀時，他總指著那長長的搖把而這樣說道。那是一個手搖的警報器，除了長長的搖把外，便只有一個筒狀的發聲器，他很得意的解說著，但是，他的朋友們却不相信這樣一個東西，將會發出像旺仔仙所說的聲音，一致要求旺仔仙示範一次。

這下旺仔仙碰到難題了，不過，他再三保證一定會的，一定會拉一次給他們聽。

終於那樣的日子來臨了，巡官已經通知過村民，要他們聽到警報時，採取躲避的動作。

對於旺仔仙來說，他永遠也不會忘記當天的情景。

那是一個很好的太陽天，旺仔仙一大早便爬上了瞭望台。他在台上極目遠視，看到了田裏工作的村民，也看到了在街上向他注視的人羣，於是迎面吹來的風，就像衆民的歡呼一般了，他更加興奮起來。幾乎是迫不及待的心情吧，他一看到巡官揚起右手，便猛地搖起了警報，嘴裏直唸着：

「一長一短，一長一短，一長一短。」

他遵照着巡官教他的程序，一絲不苟的搖了滿身大汗，終於巡官放下了右手，旺仔仙鬆了一口氣，探出頭來看時，正好看到村民們爭先恐後的在地面上跑上跑下，就像一窩散走的螞蟻不知所從，他見他們慌張的樣子，於是哈哈大笑起來。

對於旺仔仙來說，雖然在平時村民也敬重著他，但他却也沒有驅使他們的力量，而這一下子，藉著這個響筒，村民們不是要乖乖的聽從了嗎?

站在高高的瞭望台上，俯視著這一切的旺仔仙，年輕的心，好像萬夫莫敵了。

憑著在派出所當工友的地位，要找個妻子，當然不是困難的事，而事實上他也正好在他二十六歲那年訂了婚。

他的未婚妻阿玉是個很乖巧的村姑，對於旺仔仙倒有點勸告：

「阿旺！回來種田嘛，不要在日本鬼手下做事嘛……」

對於這種婦人的淺見，他從來是不屑一顧的，但今天旺仔仙倒有點拿不定主意了。原來，一向都是聽到巡官口裏嚷著的：

「皇軍喋……打下××喋……東亞共榮喋……」却在一夜之間變成了：

「米軍飛行機喋……臺灣投彈喋……奮鬥……皇軍聖戰……」的話語，這樣恐怖的口氣從威風八面的巡官口中說出時，旺仔仙簡直身子都要凉掉一截了，然而就在旺仔仙猶豫不決的時候，米軍果然來轟炸了。

拉警報也就從那次開始變成不討好的工作。當他躲在上面，强打起力氣一長一短時，轟隆而過的米軍飛行機總使他幾乎從臺上摔了下來。

也許，大好人的名聲，便是這樣建立起來的吧。

在高潭村的境內，靠近菜瓜山的地方，有著一個日軍零式機的臨時機場，所以很自然的高潭村也成了下彈的目標。最不巧的是，阿玉的家便在機場後頭，這對旺仔仙來說是最不放心的事了。每當電話響起時，旺仔仙都祈禱著不要炸到阿玉的家，然而一如我們聽說的「好人沒好報」那句話，旺仔仙哭鬧著在瓦礫中找出了阿玉的下半截。

這對旺仔仙來說，是一切希望的破產了，他與阿玉交往多年，却想不到這樣遽然分手而且淒厲至此。

「我應該把響筒弄得響些的。」

在以後的酗酒歲月中，他這樣譴責自己，然而人死不能復生，這些話都是白說的，唯一能行動的便是他開始痛恨米軍了。

「狗母養的，有種下來……」

「來嘛，有種跟你阿旺伯下來嘛。」

在這種咒罵的時刻裏，他幾乎都是醉著的，但縱是這樣的醉話，連村裏的老長輩阿福伯公也不許他。

「旺仙，不要罵，人家是來救我們的，他們是來炸日本人，不是炸我們啊！」阿福伯公這樣說。

阿福伯公的話，在村裏是最有份量的了，然而這一次，旺仔仙却不同意他。

「都不知炸死多少人喔？還要燒香感謝他，感謝米軍來炸我們啊？」

「唉！是炸日本仔的呀……」

「炸日本人？好，那下次放警報的時候，你不要走好了，站在路中央，看他們會不會請你抽番仔煙？」

旺仔仙的話也有道理，不管米軍飛機如何如何，村上的人那個不是聽到響筒一拉時，便嚇得屎尿齊流的躲了起來？

然而這樣的爭論，並沒有持續多久，戰爭終於過去了，日本人早滾了回去，但旺仔仙却仍留在派出所當工友，過着他米酒配花生的孑然日子。

這些年來，他老了，頭髮花了，雖然戰爭的硝煙已不復聞，但是他仍然無法忘却阿玉的半截身子。幾次三更半夜驚醒過來，他都憮然痛哭，無法相信那些拉響筒的日子會是發生過的，他希望這些都是一場夢，而有一天他會從夢中醒來。

至於他的響筒，戰爭結束之後，他以為再也不會派上用場了，但他怎樣也沒想到，却又換了個新的馬達響筒來了。

這一回的警報器倒是已不需要他去搖它，只需輕輕地在底下，把開關開上便行了。幾次他爬上去作保養時，只見他癡癡地撫摸著龐大的機器，心裏隨而哀傷起來，這響筒多麼的令他觸目驚心啊！尤其當他看到，對面學校操場中，嬉戲跑跳的兒童正天眞的笑著時，他心裏更加抽痛起來。

「希望跑警報的日子，不要再輪到他們才好啊……。」

他這樣喃喃的說。

五　林明的故事

阿福伯公去世的第二年，林明便考上了大學，他遠離高潭村來到了都市，在四年的不懈努力中，終於以最優的成績畢了業。

大學畢業的林明，在一家外國人的公司找到一份工作，那是一家美商的電子公司。他的經理山姆森先生是個美國黑人，負責臺灣地區生產的業務。副經理山本太郎先生則是個矮小的日本人，從遠東區總部派來監督財務。這樣的美日搭配，使得身爲中國人的林明感到極度的可笑，尤其那高大不感光的老黑與留著仁丹鬍子的日本佬站在一起時，林明總要聯想到王哥柳哥遊臺灣的故事來。

老黑山姆森先生性喜漁色，不但把錢花在吧女身上，甚至把腦筋動到公司的小姐身上。據說，南部電子分廠的女工很多都吃過他的虧，曾經醞釀過要檢舉他的糾紛，然而老黑是何等角色，幾聲嘿嘿乾笑及少數牛頭大鈔便一切「歐開」了。

日本佬山本太郎先生則是典型的錢鬼，他除了自己一毛不拔外，連付員工的薪水，他都苛得再三審核，更別提額外的補助了，同時他能說中國話，對於本地員工更有著一種高高在上的氣勢。他一直喜歡這樣說：

「臺灣喋，中日同種兄弟……我哇！協助臺灣喋。」一副目中無人的姿態。

這些事情，對於有著民族自尊的林明來說，眞是看在眼裏，火在心頭，然而他已是近三十歲的人了，人事的磨鍊，使他深信中國人自有一番容忍的工夫，不必在此時魯莽行事，而且他目前的工作及待遇，都是一般人所企求不及的，他實在沒有必要自毀前程，因此他勿寧說是活在煎熬的苦悶裡，他不知道要感激這些外國人，還是要怨恨這些異族，然而，這些又有什麼關係呢？到底是無論如何也需靠他們而生活啊！

他常常這樣自怨自艾著。

林明是出生高潭村的鄉下孩子，幼年時困苦的生活雖然不復記憶，但留存在他記憶中的早期的農村生活，却仍時刻惦記在心裏。

自他成長後，幾乎所有的努力都是朝著脫離困苦環境爲目的，他初中到大學，無不時時鞭策自己，兢兢業業的向上爬升，他清楚的知道，鄉下孩子唯一所能戰勝別人的，只有努力再努力而已，他相信唯有駱駝般的精神，才能離開荒僻貧窮的高潭村。如今三十歲的林明似乎達到了這一點，他住在臺北的公寓裏，在洋人的公司上著班，正是所謂結果的時侯了，因此他格外珍惜他努力的成果。

在這種情況下，林明每聽說黑鬼又做下傷天害理的事時，他都忍了下來。而當日本佬不顧因機器運轉而致死的工人時，他只得對著那些受害的同胞們暗彈眼淚，而深恨自己的懦弱了。

是一個星期一的傍晚，同事們都下班了，辦公室只剩下林明及新來的同事王小姐在加班，他們兩人正默默工作著，黑鬼山姆森先生走了進來，見林明還在，顯出很驚愕的樣子，但林明不理會他，自顧自的做著工作。

天色要黑了，林明的工作正好做完，他起身便要離去。山姆森先生見他要走，幾乎以迫不及待的眼光彷彿在催促著他。

林明道了聲晚安走出辦公室，就在他下了電梯，走到停車場時，他突然想起王小姐還留在上面，而山姆森先生的嘴臉在一刹那間湧現出來。

「要糟。」

他返頭便跑，好不容易才奔上六樓，只見門窗已緊鎖，他不敢貿然闖進，便從門縫中望去，但見王小姐與黑鬼緊擁而吻，而黑鬼已把上衣脫去了。

林明在急喘中嘩的一聲吐了滿地口水，罵了聲「狗男女」後便悄然離去。

六個月後，王小姐被人發現自殺在家裏的浴室中，據報紙的報導，她已經懷了五個月的身孕。他的母親傷心過度，因之昏死在醫院中，僅留下十二歲大的妹妹。由於王小姐幼年喪父，可憐的妹妹乏人照顧，所以報導中也同時呼籲社會大衆發起樂捐。

林明看到這則消息，乃將實情告知山本太郎先生，希望公司能助一臂之力，然而山本太郎不獨不理，反而譏笑了王小姐一番。他說：

「王小姐哇，自己願意喫……自己喜歡哇，與我們無關哇，自己負責喫……公司不必有責任喫！」

林明簡直要氣炸了，於是他當著公司同仁的面，掌了山本太郎先生一記耳光，然後扭頭便走。

第二天他聯合了所有黑鬼山姆森先生的受害者，正式向法院控告，終於使山姆森先生得到了應得的懲罰。

法院宣判的當日，他站在法院門口，想著這一切的事情，竟突然覺悟起來，他童年的瑣事，一一浮現了。

他想起那可憐的癲坤仔，更想起了醉鬼旺仔仙及自己家裡的狼犬瑪利亞，他們以前所受的苦難，以及他們的徬徨，彷彿在這一刹那之間，全浮現起來。他終於想到了祖父臨終講過的一句話：

「阿明，你生長在光復後，不知道臺灣人的苦難，要知道連阿公也可憐，你知道嗎？要努力，要有志氣。」

於是林明又感覺到祖父緊握著他的手了，他抬起頭來，堅毅的望向天空，在同仁的惋惜中大步的往車站走去。

金排附

我還在連部做實習排長時，對於金排附的種種，便已聽聞頗多了。他沈默寡言，脾氣倔强，高大的山東體型因爲猙獰的面孔，據說連營裡的長官也不敢惹他——天知道這些古怪的老士官會做出什麼樣的事來。總之，金排附在我想像裡，是硬朗朗殺人不眨眼、有著凶暴性格的人。

這樣的人，自然是很使我憂心忡忡的，因爲一旦第三排排長退伍後，我便得接補他的位置，而成爲金排附的排長了。這種事實在我想像金排附的模樣時，尤其會使我傷心時運的不濟；本來嘛，在金門當兵已是够糟的事，如今却要與那樣暴戾的人相處到退伍，那麼除了行壞運之外，又能說些什麼呢？

最令我喪氣的，是第三排排長馬上要退伍了，我却一直不曾見著我的副手金排附，這對驚懼著的我，不可否認的，確是一層很大的壓力。

我們連上所駐守的三個據點，是分別由三個排來擔任的，各排之間通常少有機會碰頭。所以雖然我來此已有半個月的時間，但對於金排附這樣一個謎樣的人，却從來沒有機會見面，因之我對他所有的認識，僅止於連部裡口耳相傳的渲染而已，於是每當我念及，我可憐瘦小的身體去承當金排附的肆虐時，金排附猙獰的形象，便在我的心中更加龐大起來。

也說不上來，為什麼金排附會造成我如此的恐慌，但那顯然與××據點的地位重要有直接的關係。據連長的口氣，第三排所屬的××據點不但突出在海面上，更由於它是與古戰場隔一海灣遙遙相對，成為鉗形的兩端之一，所以從來它便是一個很敏感的地區了。

正因為如此，金排附才為連長派往坐鎮，協助我們這些預官完成任務—與其說是他來幫助我，倒不如說是我協助他處理雜務來得恰當些。我們這些預官，是什麼都不懂的—以我自己來說，我便弄不清楚，我的外文系畢業與我成為軍官有什麼關係，甚至，我亦搞不懂我們這些預官與打仗之間有任何的牽連。

這樣的說法，好像是我在降低自己的威風，其實這才是負責任的說法。我總認為，與其讓我做一個排長，倒不若做一個文書來得勝任愉快。

然而事情便是這樣了。我必須負起全排四十餘弟兄生命的安全，以及整個據點的防務—甚至全島的安全，也將落在我五百度近視眼及癯弱的體魄中。

有著對自己這樣的認識，金排附對我的壓力，自然在第三排排長的退伍聲中，達到了最高潮

—終於在傳令兵的協助下，我狼狽的搬到了「我的據點」。

那是一次很奇怪的會晤。金排附的模樣使我大喫了一驚。是初搬來的那個下午，我在碉堡裡整理著床舖，冷不防門口幌了一個老士官過來。只見他身形瘦削，佝僂的背上，一副寬廣龐大的四方臉奇異的嵌在頸上。

那臉孔黑膛膛的沒有一絲笑容。我怔怔地望著他。

「搬來了？」他問。稍嫌蒼老沙啞的聲音。

「哎，是……坐……坐嘛，你？………」我楞在床邊，手心隱隱滲著冷汗。

「我是金能高。」他簡潔的說了。

「是你？」我尚來不及掩飾我的窘態，却冒出了這樣的話語。

他沒有理會我的慌亂，伸進頭來，在碉堡中四處望了望，自顧自地便走了去。

我注意到他走路時一瘸一瘸的。

「金能高」？果然是個怪人，然而我總覺得有種奇異的感覺在心中昇起，像是一種失望或是一種惆悵—我日夜畏懼的人就是這麼一個人嗎？倒是沒料到，他以這樣的形象在我眼前出現哩。說他老嘛，除了眼神疲憊外，綠色的戎裝又使人不敢相信他已老邁。說他年輕嘛？那灰髮及發縐的臉容，却總覺得有一種蕩蕩無名的萎靡，在他佝僂的身形上渙散着—縱或戎裝在身，也不能掩飾老境啊。—這怎會是傳聞中驃悍的金排附呢？

不過我倒因此而放下了忐忑不安的心，看來，我是杞人憂天的煩惱了一陣子呢。

當晚，伙房加了幾樣菜爲我接風，這當然出自金排附的主意。坐在飯桌上，我按捺不住受寵若驚的欣喜，才發覺金排附並沒有來開飯。我只得問身邊的傳令兵。他說：

「金排附自己在碉堡裡吃飯。」

「喔？爲什麼？」我有點好奇。

「他啊！他在他的家鄉吃飯。」傳令兵狡黠的閃動著眼睛。

「啊？」我更糊塗了。

「他在碉堡裡面吃他自己做的饃饃……」傳令兵輕笑起來，末了才又接著說：

「他還有一把拐杖放在碉堡裡呢。」

「神經病。」我在心裡嘀咕著。

然而我想，到底金排附不像傳聞中的可怕，那麼以前所聽到的種種，也都只是些誤傳了。在這種情形下，如果他脾氣古怪點又有什麼關係呢？我於是慶幸起來。

日子很快地在平靜中過去，轉眼來到此地已過了兩個月了。在這期間，雖然處在第一線的緊張狀態中，做爲新兵的我，當然難免提心吊膽的慌亂著。也多虧了金排附的照拂與調度，據點裡安頓得井然有序，上上下下的事絲毫無需我來操心，我只空掛著據點指揮官的名義而享著清福。對於金排附這個人，也多少存著些感激的心情了。

然而公務上是如此，私底下，我自忖金排附對我是絕無好感的。

自從搬來初日，他主動的找我打過招呼外，兩個月來，我們連站著聊天的機會都沒有。雖然偶爾有過幾次交談，但那也只是因爲公事而交換意見而已。往往連續幾天我們都沒有說過一句話。當然，這可能是由於見面機會太少的緣故吧。一天中，我是難得看到他的，只見他佝僂著背，匆匆的一拐一拐從這頭走到那頭，一會兒去到東哨，一會又來到西哨，彷彿永遠有忙不完的事似的，那麼我想改善我們之間的關係，也就成爲不可能的事了。

雖是如此，我倒是很密切的觀察著他，他的身體不是很好。這點我從他走路時的蹣跚便可看出來，尤其當他緊咬著牙，從防空壕裡艱辛的爬上來時，我總注意到豆大的汗珠，在他黧黑的臉上迸落，而急促的喘息更使他口唇大張，彷彿斷了氣般的戛然有聲。

對於這樣的一個老人，我當然要去關心他。於是在一個開晚飯的時間，我走到他的「家鄉」去。

「你自己弄的？」我看著桌上的白色的饅頭時，這樣問他。

「哎。」他表情木然。

碉堡裡眞是一應俱全；有煤油爐、砧板、菜刀………靠近窗口的床鋪邊，眞的放了一把拐杖。而牆角的煤油爐上，傳來一陣陣牛肉混合著葱、蒜的味道。

「你身體好像不太好。」我鼓足了勇氣。

「好……很好啊。」他趴在桌上，撕著饅頭。

「您還是多休息，身體不要弄壞了。」我又說。

「……」

我見他不答腔，心裡有點發毛。不過我還是接著說：

「其實……我看您還是退伍算了……享享清福……」

「退伍？退伍？……退什麼伍？」我話沒說完，他陡地吼叫起來。

我注意到他的臉，好像因退伍二字而漲紅了，他激動得連嘴裡的饅頭也不及吞下，粗大的血筋在頸上浮起。

「哪個人叫我退伍的？」他向我喊。

「沒……沒……開開玩笑嘛……說著玩的……。」

我打個哈哈，頭也不回的逃了出來。只聽見門板碰的一聲關上，而咒罵猶然傳了出來。

我聳聳肩膀，感覺一陣心悸，「眞是」，何苦去惹這個麻煩呢？這下好了，下去的日子大概難過了。雖然兩個月來，自己小心謙讓地不敢惹他生氣，而一切的努力才剛剛有點轉機，却一下便弄砸了。那麼……我眞有點痛恨自己了。

然而，我又想到，我何嘗不是關心他呢，他又何需對我如此呢？

我百思不得其解，但對於他的無理及蠻橫，倒是有些不滿起來。

又是一個開過晚飯的傍晚，我在據點裡閒逛，來到了西哨衞兵處，那是離沙灘不到十公尺的岩上。我站在那兒眺望著海面。只見暮色蒼茫中，海水深沈柔和，偶而靜靜的水面，翻打起白白的浪花，給這寧靜安祥的景象增添一些生趣。

我站得更高些，細細觀察對岸的山巒，朦朧中，只覺起伏的山脈好像隱藏著陰深的巨靈惡怪，在天地間獰笑。

這正是秋冬交替的季節，海面上佈滿了漁船，那些船在湛藍的海水中輕輕游動，竪起的三角帆，便像水鳥的翅，顯眼迷人。

就在我陶醉其中時，哨棚的電話突然響了起來。

——鈴……。

衞兵搶過去接了。我給這鈴聲嚇了一跳，正想走開，衞兵却一手把電話遞了過來。

「報告排長有情況……」

——糟了。

我猶疑的接過電話，心神陡地繃緊，好不容易才擠了一聲：

「喂？」

「喂，我是營部。您是排長啊？金排附不在嗎？……喔，您剛好在旁邊，是這樣子，××觀測所報告說，有幾艘船離你們太近了，希望你們注意……對……對。」

電話那頭一口氣說了一大堆，其實我一點也沒聽進去，只記得有船太近了之類的話語。

電話掛了後，原先緊張的情緒倒是平穩了些，然而，接下去，我又該做什麼呢？我有點後悔自己的不經事了。可是，現在着急已經太晚，我念頭一轉，拿起了望遠鏡，果然那船很近了。可是又怎麼辦呢？我正埋怨金排附怎麼不見人影時，電話又響了起來。

「喂？看到沒有？怎麼樣啊？不走就開槍打啊，打幾槍報上來……」

「好……好……」

我如釋重負，並即刻興奮起來—打槍了，打槍了。

衞兵奇怪的望著我。問：「要打？」

我點點頭，他轉身伏了下去，叭在機槍上，送上機槍，然後轉回頭看著我，似乎在等待我的命令。

我再度執起望遠鏡，看到破舊的三角帆布，斜斜地擕在木船上。

機槍手仍然注視著我，我心裡驀地一緊，裝出一副輕鬆的神情。

我朝他點點頭。他熟練的支起機槍：

「格格格……格格格」

五〇機槍轟然冒出一陣火煙，震耳的聲音在我耳邊響起，但僅只那麼幾聲又停了下來。

——打、打。

我爲槍聲激起了一種奇怪的慾望—打啊—再打—心裡狂喊着—第一次感覺自己掌握了某些東西，—打啊—打死他。

機槍手爬了起來，拍拍屁股。

「咦？再打啊！」我激動起來。

「報告排長，排附每次只要我們對着船前打六發。」他說。

「喔？」我有點興猶未盡。

再抬眼看時，那船已順着風走遠了。

「走了就算了。」我自言自語着，心裡却猶有不甘的想：下次再來，就打死你。

我望着漸漸遠去的船，突然閃過一絲驚訝！這眞是戰場哩，於是第一次感覺到自己眞是個軍人了。我洋洋自得的走回碉堡，只見金排附站在掩體邊上，詭譎的看着我。我向他點了點頭，心想大概他會稱讚我吧，却不料他眼睛閃過一絲奇異的神釆，然後一語不發的轉身走開。

我因此想起那一夜他因退伍向我吼叫的事。神氣什麼嘛？我還不是照樣能處理這些事情？我好像因自己挽回了些面子而昂首濶步起來。

這一晚，我做了一個奇怪的夢，夢到自己握着機槍向海裡的船隻掃射，那些三角帆一一隨着槍聲而倒落水中。

第二天天沒亮我便起身了，在西哨的機槍陣地邊，足足站了一個早上，我盼望着船隻出現，希冀昨日的槍擊事件再度降臨。

然而我失望了。早上的海面空無一物，倒是金排附來過幾次，看我在那兒，他彷彿大吃一驚，扭頭便走，這種迹近躲避的動作，很使我納悶。到底他對我是怎樣的看法？我自忖並沒有得罪他的地方，可是他究竟存的什麼心呢？我充滿了疑惑。

一個晚上，因爲鬧着肚疼，我在床上翻來覆去的睡不着覺。正氣惱時，聽到碉堡外好像有人走動的聲音。我警覺地推開木門，在一縫間隙中，只見皎白的月色籠罩了整個據點，金排附坐在碉堡邊上，望着海面像在眺望什麼。

他穿着棉布衞生衣，在草地間一動不動的注視着海面。我爲這種形象再度激起了一些對他的關心。只見他的臉孔在月光照射下，空洞的一無內容，便像白色的木頭上，用刀刻上了一道道的陰影—那些皺紋，如此的怵目驚心。

我於是推開木門，走了過去。

他在驚訝中，隨卽又沈下臉來。

「月色眞好。」我說。

「……」

「金排附，您常常這樣坐着嗎？」

「嗯……。」他像是不願意說話。

我依着他的身側坐了下來。他瞧我一眼，仍然沈默。

「您的腿是？……」我尋找話題。

「八二三炮戰弄的。」他終於說話了。

「斷了？」

「對。」

「您好像一直沒有休假？應該出去走走。」我試探着說。

「沒關係……」

「其實……很多事情我也可以處理的，您儘可放心休假幾天……」我討好他。

「……」

「眞的，我來幫你報上去好了。」

「怎麼？不休假也犯法啦？」他突然生起氣來，並隨之站了起來，那副氣衝衝的臉孔又湊到我的眼前。

「你以爲放了幾槍就可以壓得住啦？」他說完，一瘸一瘸地便走了開去。

我怔怔地站在那兒。一陣被羞辱的激動湧了上來。到底他在神氣什麼呢？難道就不需尊重我嗎？就算我是個白痴好了，也不需受他這種氣啊！我眞的發火了，聯想到那日他站在機槍掩體邊望着我的神情，我心裡忿忿地決定，總有一天，我要讓他知道我不是好惹的。

我開始一反前時的態度，積極的參與據點上大大小小的事。我幾乎與金排附搶着做任何事情，雖然我知道這樣做，對於金排附會有些難堪，但我確認這些事情本來便應該由我來做，而且我相信，我所受到的訓練及學識，足夠我勝任這些事情。

時間一天天的過去，冬天很快的來臨了。照例，冬天在金門都是比較緊張的，那早晚的濃霧，使據點籠罩在混沌的氣氛中。而每當霧氣吹來時，四顧望去，總會使人宛如置身絕境般的不安。正由於這樣的緊張及事務的繁忙，我幾已忽視金排附的存在了。

自我開始接管事情以來，金排附在我眼前出現的機會少了些，偶而看到他邁着佝僂蹣跚的步伐，在眼前閃過時，我便在心裡湧起幸災樂禍的快意—看你得意到幾時。

其實，我對他倒沒有很大的惡意，尤其每當我想到他滿佈縐紋的黧黑方臉時，他的枯槁瘦削的身子，總使我聯想到在風中飄搖欲倒的老樹—我是從來不曾想到要去刺激他的，只不過執行我的任務罷了。對於這樣的老人，我又能做什麼呢？

這陣子來，海面的船，很顯著的增多了。這當然跟魚汛有直接的關係。據點裡因而忙碌起來，靠我們太近的船隻，我們必需警告它不讓它越界，所以槍擊的次數，也益發的多了。

對我而言，這些槍聲，在據點裏轟然響起時，便像是一針針的興奮劑刺激著我，使我旺盛的鬪志，一次比一次提高，終至達到不能滿足的情況。每當槍聲響過，帆船掉頭而去的當兒，我總是忿忿地捏緊拳頭，彷彿一隻嚐到血腥的野狼，恨不得追趕而上，將之全數消滅。然而規定是規定，我倒是沒有權力，在船隻轉向時，繼續向它射擊。

幾許日子來，火藥味已使我深深地染上一股暴戾的脾氣，更使我渾身上下，充滿了戰鬥殺戮的慾望，可以說，我簡直盼望著那些船隻越界了—只要一越界，我便可以下令射擊—我尤其沈醉於下達射擊口令的權力感：

「目標正前方××公尺，三發點放—放—。」

我幾乎是連人隨著槍聲迸射出去—文縐縐的我，竟然操作電影裏英雄的動作，當然是刺激而有趣的享受了。

也正因爲槍擊的對象是我們的敵人，我因之知道，我的作爲正是保疆衞國的英雄事業，所以，每當我下令射擊時，我都會想到，我正在歷史中扮演著某種角色，而這種角色，正是我所受教育的最終目的—消滅敵人。於是我幾乎天天晚上都夢見，一連串的三角帆被我擊落水中。

時局越來越緊張了。自從中美斷交的消息傳來後，似乎連海水也感染了一層悒鬱的氣氛。據點裡，從早到晚都籠罩著深沈莫名的悶懨，我總是看到阿兵哥們交頭接耳的訴說著什麼，而三更半夜裡，伏在床上寫信的人也益發的多了起來。

這種緊張所造成的沈悶，並沒有因戰備令的下達而稍緩，反而當士兵們伏在槍身上，瞄準著海面時，我總輕易地感覺到，似乎大家都有意的保持靜肅，深怕觸及這個圍繞我們之間的疑慮，而不能把持自己。

我提著槍在據點中巡視著，而宣佈戰備的指令已經三天了。三天中，我滿腦子都是戰爭的聯想：我想到了漫天的炮火，想到了吐著火舌的槍管，更想到了一波波湧上岸來的兵士。常常地，我緊執著機槍，感受到從那結實的鋼鐵傳來的陣陣悸動，而陷入茫然的凝呆中。

白天過去了，晚上悄然而來。夜晚去了，曙光在盼望中顯現，三天的時間，在持著槍凝視海面的緊張中，竟像永恒般的停止下來。

我一遍又一遍的在據點中走來走去。每去到一個哨所，一個機槍陣地，那些趴在槍身上的阿兵哥們，都那樣無言悄然的注視著我，彷彿希望從我口中得知進一步的消息。然而我又知道什麼呢？我也是跟他們一樣，只能望著茫茫的海面發呆，而無從知道命運啊！

據點內的情形是如此，然而海面的情況，卻一反前時的熙攘，變得空無一物。那些一向在海上遊動的船隻，在一夜之間，好像全數失了蹤跡；往往搜索終日才看到一兩艘帆船，在遠遠的海上幌動，不敢靠近過來。這對我而言，更刺激了我無從發抒的煩悶，由於疲勞、緊張的關係，以前盼望槍擊的心理，更加的旺盛起來。—這異常的平靜，好像一個不祥的預兆，無端加重了我內心的壓力。我多麼希望有情況出現，以打破這個沈悶的僵局。

然而夜晚是那樣的靜，海水是如此的深沈，我簡直要破口咒罵了。

時間在持續的緊張中過去。我發覺自己變得暴躁起來。一個夜晚，我們仍然在戰備狀況中，我站在海邊，望著粼粼水光的海面時，突然想到，好多天沒看到金排附了，似乎是中美斷交消息傳來的當天，他便不見人影哩。我於是無名的憤怒起來—戰備狀況，可以由他不管麼？我走到他的碉堡前。

「金排附、排附……」我敲著門。

咿呀一聲，木門開了。只見他頭髮蓬鬆，兩眼佈滿血絲。

「什麼事？」一股酒臭噴了過來。

「什麼事？現在是戰備你知不知道？大家都緊張兮兮的不敢睡覺，你倒是躲著喝酒啊！」我難抑忿怒，一口氣轟了他一鼻子灰。

「也不是沒接過戰備，有什麼緊張的？放心啦！」他踉踉蹌蹌地扭頭便要走。

「緊張？什麼叫緊張？你排附幹假的？」我扯住了門，不讓他關上。

他似乎爲我的氣勢懾住了，楞了一會兒，突然激動起來：

「媽的，你當排長了不起？什麼場面我沒見過？戰備令又怎麼樣？反攻大陸啊？反攻大陸我馬上走。」他呲牙裂嘴，滿臉通紅。

「哈，你還知道反攻大陸啊？就憑你？反攻大陸也用不著你去。」我光火大叫。

「你說什麼？怎麼？我老了沒有用啦？」他怒吼起來。接著又衝到我的眼前：

「媽的巴子，吃了點墨水就要壓死人了？反攻大陸要是靠你這些人，才眞的完了。」

我望著他扭曲怒張的臉孔，正想告訴他他老了，沒用了時，傳令兵匆匆跑了過來。

「報告排長，前面好像有船。」他說。

——來了。

我隨即丟下金排附，跑到機槍陣地。不錯，藉著月色，果然有一艘小船停在外海，我估計它的距離，約莫在五千公尺左右，這種距離是安全的，不致威脅我們，我隱約的有一絲失望。

我吩咐衞兵盯著它，並向營部報備。却不防金排附站了過來拿起望遠鏡觀察了一會，冷笑著瞪了我一眼，方才離去。

我不知道他的冷笑是什麼意思，然而他既然起來了，表示多少他還尊重我，於是剛剛的怒氣便稍減了些。

月亮已經斜了，迷濛的海上，好像有一絲曙光漾了開來，由於一夜沒睡，我開始有點恍恍忽忽，精神不繼的感覺，然而那艘船仍然在那兒，而且還更近了些，燈光一閃一閃，彷彿正在打著燈號，我奇怪那船的企圖時，東哨的機槍突然響了起來。

「格格格……格格」是連續不斷的射擊。

怎麼，簡直要開戰了。我拿起望遠鏡，這才注意到，小船的周圍，不知何時已聚集了數條船隻。這個突如其來的狀況，使我呆立在那邊，耳朵裡突然聽到金排附的聲音：

「媽的巴子，開槍啊！對著船身打。」他向機槍手吼叫。

槍手伏身便打，剎時整個據點充滿了槍聲，金排附在我眼前走過，喃喃地說：

「媽的等你知道要打，你已完了。」

我被一連串的變故驚呆了，只見海上的船隻，在槍聲響起的同時，突然加速起來。我奇怪帆船怎會有這樣的節速，拿起望遠鏡，才發現原來都是些僞裝的快艇，我不禁揑了一把冷汗，而一種被欺騙的羞慚在心中昇起，我怔怔地站在那兒，恨不得有個地洞讓我鑽進去。

快艇走遠了，機槍也都停止下來。我望著空蕩蕩的海面，突然有一種衝動，想到金排附傲慢無禮的神態以及冷冷鄙視的聲音，被人捉弄的憤怒在心中昇起。我正想發作，電話響了。

金排附接了過去，只見他得意地看了我一眼。

「是……報告營長我就是……沒什麼，我一眼就看穿了……對……對，走了……那裡，應該的……」

他掛下電話，大模大樣的吩咐衞兵輪班休息，然後看也不看我一眼的便走回了他的碉堡。

我冷落的站在一旁，心裡千般滋味湧了上來，這下子面子丟大了—我眞的連快艇與帆船都不分麼？我要想辦法扳回來。

我決定要報這一箭之仇。一方面當然是我無法忍受金排附的得意神情，另方面則由於中美斷交後的震撼。自消息證實後，我始終陷於一種奇怪的心緒中，我惶惶然擔心著突來的變故。雖然我知道在臺灣固然也是群情激奮，但他們憤怒的對象是美國，而在我所處的極端前線上，我們却無法怨恨任何人，只能憂心忡忡的注視海面，準備在他們有所舉動時，給予痛擊。這種心理勿寧說是現實的壓力使然—我們所痛恨的倒是對岸所給我們的壓力與恥辱。

這種心境，配合著那夜快艇對我的捉弄，我無時不刻的盯着海面希冀狠狠地槍擊一番。尤其當我對著海面，望著綿延不斷的對岸山脈時，我想到我的家人、我的親友，以及我曾經受過的教育——如果我的生命因此而有所改變，那絕對不是我所能允許的。換句話說，我急於將他們一舉殲滅片甲不留。

我的血液中充塞的是這樣的激奮，然而此時的海面空空蕩蕩的，只有幾隻帆船寂寥的在遠海遊動。時近黃昏的暮色裡，對岸山脈青青蒼蒼，像是諷刺著這動蕩的世界。

我因這異常的寧靜，懷了一種不祥的預感。這已是戰備令下達的第四個晚上了。我四處繞了一圈，見金排附的碉堡透出了一點火光，我偷偷由門縫望了進去，看到金排附趴在桌上好像已經入睡，桌上凌亂地塞滿了酒瓶、菜盤，一隻酒杯打翻在桌緣，似要掉落地上。

他一動不動的趴著，在五燭光的照射下，我突然感到一陣心悸，那弓著單薄背影，灰白的亂髮，及那滿佈皺紋的臉龐，使我驚駭的聯想起什麼來，但覺孤零蒼老的悲哀從他身上溢出，而床頭那枝拐杖，不知何時已折成兩截，在角落裡斜放著。

我走回機槍陣地，但他趴在桌上的可悲身影，却始終在腦中徘徊不去，於是我的心情也隨之沉重起來。

夜漸漸深了，今晚奇怪的竟沒有月光，一片黑沉沉的大地，因海浪的撲擊聲而恐怖起來。

我站在西哨，叮嚀衞兵要多加小心。這時電話突然響了起來，我搶過去接了：

「喂：××據點啊！在你們前面四千公尺處，好像有一艘船沒走喔，你們小心一點……對，我知道看不到，不過，我們會申請探照燈……對……好。」

我突地緊張起來，順著營部下達的方位指示望去，却連海面都看不清楚。

「媽的！」

我咒罵起來，並卽刻通知所有的人員加强戒備，嚴密的監視海面。

時間一分一秒的過去，海面仍是漆黑一團，我簡直按捺不住這種遭受威脅的時刻。最難過的，當然是我們無法看到他，要不然……。

然而焦急是沒有用的，現在全部的希望都放在探照燈上了。我告訴每個士兵，只要探照燈光掃射過來時，每個人都準備開槍，一看到船就打。

「非把它打扁不可。」

幾天來的緊張，好像在這一刹那間達到了高潮，我在據點中走來走去，然而探照燈始終不來，我只得向營部詢問，他們的回答是要我稍安勿躁，嚴密監視就行了。

「可是看不到船啊！」我忿忿地說。

「我知道，我們已經申請了，可是這兩天我們都太緊張了，上面不希望……」

我忿忿地掛上電話，望著黑沉沉的海面，幾乎想盲目射擊了。此時，金排附不知何時走了過來，喃喃地告訴衞兵不要緊張，並要所有的人員輪班休息，然後他又走回碉堡去。

也許他的出現，使士兵們情緒緩和了許多，我也只得由他的判斷，讓人員休息了。然而我卻無論如何也沒有辦法，在這近海有船的狀況下睡著。

衞兵一班班的交換，轉眼天快亮了，海面已隱約可見，我拿起望遠鏡。

——果然還在。

我卽刻激動起來，下令機槍手射擊。

「格格格……格格格……」

六發打出去了。一夜不睡的煩躁湧了上來。

——竟然不走。

「再打！」

「格格格……」

又是六發出去。然而船隻仍是不動，我更加激動起來。

「再打，對著船身打！」

「格格格……格格……」

機槍手又停了下來。

「打……打……不要停……」我聲嘶力竭的喊。

利時，機槍聲連續的怒吼起來，我執著望遠鏡的手，微微顫抖著，我確信很多發已直接命中。

「對！瞄準船身……打死它……。」

機槍手也似乎瘋狂了，緊持著板機不放，震耳的槍聲彷彿連我的心神也被震撼了。幾天來，第一次感到自己的安全在掌握之中。

然而船隻仍在那兒，任憑怎麼打，仍是一動不動的像在恥笑。

我緊執望遠鏡，手心冷汗湧冒不停。

——停——

「幹什麼？」

金排附不知何時跳了出來，一把推開了機槍手，定定地瞪著我。

「你沒看到那船不走嗎？定在那邊停了一夜了。」我吼叫。

「走！走什麼？你沒看那只是漁船嗎？停了一夜，漁船停一年也沒關係啊！」

他說完，搶過我的望遠鏡自己看了起來。許久，他才怔怔地把望遠鏡交還給我，並且聲音也隨之沙啞起來。

「你自己看吧！擱淺的漁船。老百姓有什麼罪過嘛？」他簡直要哭出來了。

我驚駭的拿起望遠鏡，只見一個漁人俯身掛在船舷上，半個頭浸在浪頭裏，而潮水漸漲，那船身正緩緩搖動。我手中的望遠鏡，鏘然掉落地上，整個腦売裏迴響着剛剛的話，震耳欲聾。

——漁船……老百姓……漁船……老百姓……

我雙手抱住頭。想到那些搖著槳捕魚的人們而渾身抽搐起來。金排附不知何時走到我身邊輕輕撫著我的肩：

「排長，不必難過了，不是你的錯，你沒有任何責任的……哭吧，痛快的哭！」

我淚眼望他，他的形象突然龐大而模糊起來。

「幾十年來，我不知道打死多少老百姓呢。不必難過了。看！漲潮了，那船飄回去了。」他溫柔的拍打著我。

我朝海面望去，天已大白，整個湛藍的水面，只有那船變成一點漸漸消失在海水中。金排附唉的一聲走到掩體邊，晨曦映照着他那孤獨的背影。突地我彷彿覺得他的身影漸漸地溶進對面那漸漸清晰起來的、杳遠的、朦朧的山巒之中。

荒城

六月八日，這個陰雨的假日，我前去探望我的好友王三國。說王三國是我的好友，在我如今想來或許不是很恰當的，然而因著某種奇怪的念頭，我這樣稱呼他，而且以這樣的心情去探望他。

不曾見著他的面該有三年了吧？坐在車上末座的我，望著車窗上凝結的水氣時不禁這樣想到。他是否模樣變了呢？總還是仍然體格壯偉的吧？不過在遭受那樣的打擊後，說不定他的面貌會使人大吃一驚呢。

我於是幻想起來。

巴士在雨中平穩地行進，窗外急掠而逝的雨景在白茫水氣中倒退著。我凝視映在窗上未施脂粉的我的臉孔，王三國憂鬱且膽怯的眼睛便悠然浮現起來，那彷彿是帶有焦灼盼望的眼神吧，我竟在心底抹過一絲惆悵。

三年了，我幽幽喟嘆，那往事是要浮現了，不過車廂裏濕漉漉的，連思緒也因那雨水的汙濕而難過起來。

我只得把視線轉向窗外，窗上的雨珠在急速中斜斜滑落，劃成了一道道的長線在我眼中錯落交替。我於是想到在這樣擾人的雨天裡，當路上的行人看到這樣茫茫雨絲中，如箭般滑去的車身時會泛起怎樣的想法呢？

也許他們對這樣孤獨疾駛的白色客運車會有一種失意的悵然在心中湧起吧？

我因而輕笑起來，其實車內的人倒是什麼都未曾想到呢。

三年前也是這樣的雨天，記得是作文課，同學們交了作文後都離去了，清冷的教室便只剩下我與王三國尚在苦苦尋思。教作文的老先生坐在講桌邊上，不時望望我又看看王三國。那時節便要下課了，我終於準時交了差，而當我交了作文紙走回座位時，我才注意到窗邊的王三國一動不動地瞪著雨絲發呆。

那時候很晚了哩，又逢著下雨的日子，校園裡空漠寂寥，我依著王三國的視線望去，只見樹影中慘白的螢燈在雨絲中泛著小小的光暈，那是一盞西式的路燈：瓜型的燈罩做成小屋般的模樣在雨絲中冷清地聳立，而在燈罩底下修長結實的六角桿柱，似要穿透心神般地在黑暗中泛著滲然的灰白。

我為這景象駭了一跳，回眼看王三國，他却赫然的低下頭來，桌上的作文紙猶然空無一字。

我正納悶。老先生走過去拍了拍他的肩膀，說：

「改天補交吧，可以回去了。」

王三國點了點頭不發一語的收拾東西。我看著他近乎羞澀的神情，實爲他的落落寡歡有些不忍，我於是走了過去，很洒脫地輕聲說：

「今天的題目不好寫。」

「是，是……」王三國的臉竟紅了。

老先生兀自走了，我與王三國在闃靜的長廊中走向校門，他高大的體格在黑暗中有些佝僂、有些蒼老，便似乏著力般的了無生氣，而他的嘴緊閉著，在默然無語中使我感到陣陣襲來無言的悲哀，我益發覺得班上同學們奚落王三國是件殘忍的事了。

然而，事情是怎麼回事呢？對初從外系轉學進來的我來說，這個班級是那樣地充滿著神秘，以至於想多知道些關於他們的事也成爲不可能了。

在校門口我們互道再見，他走至車棚拉出他的黑而笨重的單車，望了我一眼後踽踽地毅然而去。我一直望著他跨在單車上的背影消失在黑夜中，仍不能減低我對他的憐恤及整個事件的狐疑。

他與他們之間發生了什麼？

車身徒地幌動而停了下來，又幾個人下去了。原本空盪的車廂益發顯得冷清。我數數乘客，包括自己才只六人。

唉，這惱人的雨啊！

車窗外雨下得更大了。我按捺住漸漸昇起的侷促心緒，對于這樣下雨的時分，突然有了一種念頭；要是……要是我們六人都能擁擠一起，那是否會稍減濕淋淋的水的煩擾呢？

有這樣的念頭怕不是極其可笑的罷？我倒要為自己的難忍孤獨而羞愧起來。不過在我的幼年時候每逢下雨的日子，不是便那樣渴求慰藉而與弟弟相擁而泣嗎？

那是日式的房子哩，父親的書桌靠在窗枱邊，桌底下除了置脚處的横槓外，小小的空間剛好容納我與弟弟，於是在那樣下雨的愁悶裡，我便與弟弟在桌底下攤開棉被，兩人緊緊地擁在被裡望著滴落的簷水而哀傷。

當然那是屬於幼小時的無知了。不過，在弟弟車禍死後的這幾年間，對于雨天的那種心懷依舊是連現在亦不能忘記的呢。

車子在停了片刻後再度行駛起來，我注意到戴在駕駛者頭上的帽子底下有著一堆凌亂的白髮，那一定是六十左右的年歲吧，我不禁忖度。他瘦削的背影微伏在駕駛盤上，破舊藏青色的制服，直貼貼的掛在椅背。這終究是很蒼老的人了。我突然有一絲悲哀在心裡漾開，像他這種年歲的老人應該是享清福的時候了吧！

然而他緊盯著路面，在陰冷空氣中强打著精神而用力的事實，却使我體認到做為老人的凄苦。或許在他來說，所有的青春便都耗費在這樣的車輪運轉中哩。

我如此怔怔地望著他，感到層層逼迫的生活與無奈，悚然在他肩上壓傷著他，只見他伸起左手打了個哈欠，復又伏下身子，而前方路面上烏雲密佈，白茫茫的雨水狂飈而來。我於是因那白髮而感到深深的冷意了。

王三國的老父也有著這樣的白髮呢。

那是王三國出事的第二天，我冒著風雨來到了他的家。

那算是舘前路大樓之後的違章吧。穿過南陽街後，我按著門牌號碼轉入了小小的幽巷裡，小巷子寬廣僅可容人，在兩邊聳起的大樓的擠壓中毋寧說是不見天日的夾縫。我撐著傘在泥濘濕地上走著，霉濕的臭味在脚下翻騰。一陣冷顫使我不自覺地望向天空，那可憐狹窄的天空正斜斜地飄著雨呢，我感到被緊壓逼迫的窒息，終於知道王三國高大而微帶佝僂的身形上爲什麼會有著那樣憂鬱的眼睛了。

老人總有七十幾歲了，我一進門便爲他的模樣嚇了一跳；他半躺在殘破的竹椅中，眼睛緊閉而枯槁瘦乾的雙手無力地垂放在手把上。

「……我是王三國的同學，代表同學們來探望您……」

本來我是準備有許多安慰的話的，然而見到老人血紅浮腫的眼後，我却噤然無語地呆站那兒。

老人彷彿不曾聽到我的話語，他兀自坐著，就像我從來未曾進門似的。我只得向前邁了一步，再度喊說：

「……老伯……」

霉濕的潮味從角落的報紙堆上散發而來，老人萋萋白髮帶著些許的灰黯，柔順地披在頭上。他眉目緊閉，在滿是壽斑、皺紋的蒼老皮膚上，淚水留下一道道痕跡。低垂的眼瞼稍呈黑色而鬆弛地掛在臉上，風乾無肉的臉龐彷彿因深陷的頰肉而更加地突兀崢嶸。

我因這沈寂而悵悵然在心中抹過一絲疑慮，仍不敢冒然再試叫喚。門外細雨不停，屋簷的水滴聲聲滴落，在無言的空氣中彷彿連我內心亦被激動了。

老人恐是熟睡了吧，望着他的模樣我依稀想起王三國的臉容：那樣與他體格不相襯的憂鬱神情原來是出自這樣的人家，那麼他的擧止有些羞怯有些緊張也是與這老人相依的結果了。

那是作文課後的一個晚上，下課時我因爲某些事情躭擱了幾分鐘，在我收拾好東西走下二樓時，却不防王三國在樓梯下站著。

他慘然生硬地咧嘴笑了笑，用那麼深沉憂鬱的眼睛向我注視。我以爲他有話要說，然而來不及問他，却又扭頭走了去。我爲這奇怪的行爲感到極度的詫異，於是便緊隨在後面並叫着他的名字。

他疾急的行走而不理會我的喊聲，我益發納悶起來，終於在穿過長廊來到校園後，他才緩住了脚步。

「班上的同學都不願意跟我講話。」他終於訴怨了。

「不會啊！不是很好嗎？」

「是眞的，你剛剛轉到我們班上，不知道這些事的。」

我沒能答腔，只見他憂鬱的眼睛在黑夜中彷彿有一種空洞無言的惆悵在靜止着。

我們面面相覷，夜風在身邊流過，清冷恍然的幽幽愁思籠罩了整個天空。我極想知道事情的眞象，但在這種納悶裡我却無語默默，深深爲這夜晚的哀愁而心酸起來。

那一夜我是如何的回到家裡已經不復記憶，然而自那以後王三國憂鬱的眼睛便使我難以忘懷了。

我躑躅片刻，決定改天再來探望老人，走到門口時却不免依依，但見王三國的單車斜靠在屋側，竟是方才不曾注意到的。我於是走近，感覺一陣悵觸在心中湧起；看着那滿是塵土水銹的車把，泫然欲泣的悲哀在喉頭裡哽咽不下，這輛單車便要任其破敗了吧？我注視着裹上帆布的坐墊，登時便想到王三國傾伏身體在上面踩踏的情形來。

那是一個星期天，上完體育課後，我在校園中走向門口，一陣鈴聲從背後響起，原來王三國騎着單車過來了。

「回家？」他問。

「對，你呢?」

「我也回家。」他顯得很高興。

「走，我帶你。」他把車停下來。

「順路嗎?」

「到公車站就下來。」他堅持着。

我於是坐在後座，見他賣力的起伏上下，感覺他好可愛，好逗人喜歡。

「你早上送完報才來上課?」我問。

「對。」他微微喘氣。

「難怪你每上體育課時臉色白得嚇人。」

「沒關係。」

然則我因此更不知爲什麼同學不喜歡他了。也許，那只是一個小誤會罷。我心裡起了排解的念頭。

我不知道我這樣一個外系轉學進來的女孩子在班上造成了什麼樣的騷動，但事實是我終於知道了他的一些家世。

據他說在他的家庭裡，除了年老的父親外，是別無一人的。既沒有兄弟姊妹也沒有母親，因爲，母親在生下他時便死了。

「我的父親在大陸上做過縣長呢。」他這樣地表露。

「是有很多兄姊的，但他們由於兵難的緣故全留在大陸。只有我的父母逃了出來。」

「那是眞實而痛苦的經歷。」每說着這些，他是極其感傷而唏噓的。「我的父親驟然失去了家鄉，失去了孩子。」

「然而在這裡，我的父親在絕望之餘，却在老年無依時獲得了我。只是這代價未免太大了，我的生命是用我母親的生命交換而來。」

「這種交換是我父親痛苦的原因。」他說着說着幾乎泣不成聲。在黑暗裡我惟見那憂鬱的眼睛在閃動。

「我父親對我的疼愛是近於瘋狂的。他對我呵護備至，同時又深深地痛恨我。常常無端的對我責打狂笞，然後却擁着我痛哭到天明。他是這樣地予我父子之情，雖然一個老父的照料總使我在成年後感到一點欠缺，但他却是把所有的希望植在我心中。」

「只是……」

他頓了頓才又說：「我們的生活始終在貧窮裡打轉。自他來到此地便迻報至今。而我的小時候便就在這種晨起中渡過。因爲這樣的緣故，我的父親對我感到歉疚。但這歉疚又是難言的，他因此對我要求很高，包括要我卑屈、下賤地在人前低頭。從小他便這樣敎育我，使我知道這是貧苦孩子所需要的……」

那閃動的眼神在黑暗裡逐漸清楚起來。我極力想像做爲小報僮的幼年的他，更想到夜晚裡他們父子相擁而泣的情景。

然則這個夜晚使人有太多的感觸了，我甚至已無法抓住他如怨如訴的低語。

「我不知道班上的同學爲什麼不喜歡我，事實上我曾經極力爭取過，我自小便沒有玩伴，長大後也沒有朋友，所以我是努力地去爭取同學們的好感的。」

藉着王三國自己的告白，我含糊地猜想到同學們與他之間的誤會了。

在這以前，我多方的想瞭解眞相。但從他們口裡我所探聽的王三國是極其令人噁心的人物；他熱心公務，積極的態度得罪了不少人，而他的直率也成爲一種做作。尤其他滿嘴的「您……您……」的話語更使同學感到近乎阿諛的曖昧，屈承諂媚的笑臉於是輕易地爲同學們所摒棄。

除此之外，在他發覺自己不受歡迎後，他便孤獨地自處，而這樣只有使隔閡更爲加深罷了，幾乎沒有一個同學願意與他交談了。

事情不過如此，在聽完王三國的自白後，我有如釋重負的欣喜。我瞭解到王三國做爲一個人是那樣地有着卑屈自辱，而那種卑屈不是做作只是習性罷了，這是多麼令人吃驚的事呵！

我於是開始試圖解決這個困境，向同學們解釋王三國的行爲。然而，我似乎是晚了一步。同學們的奚落使他自暴自棄，甚而由於心緒不穩而發生了那樣一件事情，使他陷入了永刼不復的境地。

我想到這裡，心底一陣抽搐，那樣羞怯純眞的青年便如此結束人生了嗎？

窗外的雨奇怪地停了，天空也漸次開朗起來。但我想到那樣的可悲往事，整個心思却凝得化不開來。車上的乘客不知何時全下了車，偌大的車廂便只有我孤獨地坐在後頭。

駕駛者安穩堅定地掌着方向盤，我從前窗望去，車子已上至半山腰中，顚簸的黃泥路面坎坷起伏，我難過得幾乎要嘔吐了，看看身邊的大小罐頭，才猛然覺悟時間的流逝眞是不暇思索，這一幌便是三年了。

那總是令人難過的回憶哩。自從畢業後，我開始了敎書的生涯，雖然王三國悽慘可悲的事件曾經留給我那麼多的噩夢，然而到底也淡忘了。要不是前幾日與舊日同學偶然提起，說不定自己倒會不再憶起這件事了呢。那麼對於一個他的好友來說，豈不是很羞慚的事嗎？

記不起是怎麼離開王三國的家了。那個雨天啊，滴落臉上的雨水竟會是鹼的？也不知自己是怎麼鼓起勇氣去的，然而旣然去過了，那以後便不曾再作第二次的拜訪。倒是班上的同學去了一趟，說是只剩下空房子，王三國的父親不在了，連鄰居也不知道下落的便失了踪影。

唉，那樣的老人呵！或許由養老院收容着吧。我想等見到王三國時總會知道的。不過心裡仍是隱隱作痛起來。那時候，當判決消息傳來時，自己還擔心老人是否可以承受呢？結果是班上幾個同學當場哭了起來，而我便跟著哀哀啜泣連應有的矜持也不顧了。那麼果然那可憐的老人眞的便承受了嗎？

我於是更加地懷疑。正想時車子倏地停了下來。

「小姐，監獄到了。」駕駛者回過頭說。

我站起身來走到車下，耀眼的陽光幾乎使我睜不開眼睛。我慢慢走向會客室，但就在我說明來意後，那位和善的警員却告訴我王三國恰好在十天前移到另外一個監獄去了。「那麼……我晚來一步了？」

警員無奈地笑笑，我只好走出寬廣的水泥大門，在走向車站的途中，我回過頭來，只見荒凉草原中灰色堅硬的水泥牆轟然的矗立在黃土之上，耀眼的陽光在鐵絲網上狠狠地照著。

我不禁想到那因不忍見老父受到羞辱而殺人的王三國，他此刻在那遙遠的石牆中，也是一樣的望著爲他特別留下的一小塊天空而活著吧？當他看到兩三個報僮在狹窄天空下的巷子裡，團團圍住老人而戲謔王三國是野種時，他是否考慮到殺人的後果呢？而現在他可憐白髮皤然的老父又在那裡呢？

這一片包圍著我的陽光是否也同樣照在他們父子身上，也令他們同樣感到不可堪的，深而且無奈的悲哀呢？我固然也不知道王三國此刻的想法，但無期的刑罰却無論如何是這時代的悲哀了。我於是再度看到王三國憂鬱的眼睛在這刺眼的陽光裡兀自閃動起來。

華西街上

(一)

「金德，你要死了？不是叫你把麵送到滿春閣去的？」

黃金德蹲在盤碗前，濺了一身的油水，起勁的忙著。熱氣繚繞的厨房一角，陣陣肥皀味和著油膩的水氣正緩緩昇起；汚黑的二十燭燈泡泛著微弱的黃，在煙氣中映照著他爲汗水濕透的內衣。天花板上，沾著水珠的蛛網在朦朧裡好像寒冬的枯葉結著冰在半空裡掛著。金德蹲著，不時更換雙脚的前後位置。聽到老板又喊了，便急急站了起來，雙手在圍裙上抹了一把，提起麵盒，三兩步便跑出了店門。

夜晚十一點的寶斗里，人潮達到了最擁擠的時刻，華西街上熙來攘往的人群，那些咬著煙捲，嚼著檳榔的小伙子，全遲疑的站在一攤攤拍胸揮拳，吆喝著的藥攤前。

「來來來！枸杞熊鞭丸！少年郎不够力，吃下有效，包你見效！無效退錢……來來來……一罐一百元……。」

金德每次經過這裡，總要皺下眉頭，這攤前的人永遠是圍得滿滿的。起初，他也不免好奇而跟著人群擠到前面，但什麼把戲也沒看到，倒是桌上一大堆照片及又紅又綠的藥丸。照片上儘是些光著屁股的男女鏡頭，他咂了下舌頭，趕緊退了出來。

這一條街上，賣的全是一樣的東西，但也同樣的擠滿了人。金德當然詫異這種景像——那些吆喝，那些五光十色的燈火，總使他感到一種昏眩。只是日子久了，這條街不知走了幾百次，也就不覺什麼。倒是近來這幾天，街道的末端，新來了一個要猴子的人，深深吸引住了他。也是賣藥的，一把把的草藥整齊的放在攤面上，紅紙上寫著風濕痛、肝炎等字眼，與鄰攤耀眼的燈光比較起來，這瓦斯燈的小白光，使人覺得有股搖搖欲墜的凄冷。而且那老人也不吆喝，只靜靜的端坐在暗處，在煙頭一明一滅中逗著小猴子。小猴子一會兒學抽煙，一會兒盪秋千。一身發亮的體毛，油黑黑的在慘白的光暈下，極是顯眼，然而這攤前一個人也沒有，偶爾有人佇足，也僅僅望了望便又幌了開去。

老人大約六十幾歲，也許更老些。蒼老瘦削的臉上，半吊著的眉毛下是兩顆混濁無神的眼。頭髮早灰了，看起來像一把乾草雜亂的堆在頭上。總之，在金德眼裡看來，倒是極爲熟悉的鄉下人的樣子。只是也許缺乏勞動，那刻滿皺紋的臉竟像玻璃菜乾，虛脫的掛在那兒。

金德每次經過這裡，總要停留個幾分鐘，緊盯著毛茸茸的小黑猴，看牠三角的小尖臉及短而後仰的耳朵。他尤其喜歡猴子學抽煙時的舉動。牠盤腿蹲在地上，一手拿煙，一手扶著後腦，像煞有其事的做悠然自得狀，而一雙小眼更骨魯魯的隨著人打轉，那副滑稽的樣子，總使金德忍俊不住而噗哧地笑了出來。

除此之外，那老人總使金德想起他已死的父親，而那發自老人身上的田野間獨有的氣味及沈著樸實，更令他彷彿置身山園小鎮中廟會時，蒼茫暮色裡，父親在肩上扛着他回去吃晚飯時的情景。因著這樣的緣故，金德每次經過這冷清的攤子時，總要停下來注視著猴子，注視著老人，直到麵盒益發沈重了，才快步走去。

金德提著麵，穿過華西街後，終於來到了滿春閣。老實說，他有點駭怕到這種地方來。粉紅混濁的光色裡，脂粉味從門簾上散發著令人心懼窒息的味道，幾個女人坦胸露腿，扭著腰倚在門背後，一個個整齊的排列著。

她們眼神楸然，手指勾動，嘴又嘟又呶的向經過門前的每個人勉強地拋著媚眼，而她們背後粉紅燈下的壁上，幾團糢糊不清的影子在浮動著。金德每次來到這裡，總要在外頭站幾分鐘，才硬著頭皮進去。

「我送麵來……」金德囁囁嚅嚅地說。

那些女的好像正等待著，見金德進來，便嗲聲嗲氣的摸了一下他的頭或下巴說：

「哎！好乖。」然後嘻嘻……的笑起來。

金德怔怔的站在那兒，一手提著麵，一手在圍裙上搓著，不知怎麼辦才好。這時另外一個女的挨過來。

「唷！生發麵店從那裡找來這麼漂亮的小男生啊？」說完又摸了下金德的頭。

金德一直低頭呆立著，又是憎恨又是恐懼，更加的臉熱了，但這麼一來，却惹得她們全笑了起來。

「阿珠！妳不要欺負人家了……嘻嘻……」不知誰又捉挾了一句。

金德一顆心七上八下的，暗自嘀咕著，爲什麼每天來，還一直這樣？

終於有人在裏頭喊了一聲：

「把麵端到後面的桌上。」

金德這才鬆了口氣，正要往裡走時，一個男的從門口突然閃了進來，朝著那個叫阿珠的女人指了指，便跟著她進到後頭去了。金德走在他們後面，回頭看時，那些女人全又開始正經的排列著，一面扭動著身軀，一面喊著：

「來嘛！人客來嘛！」

（三）

金德回到店裡，老板正站在門口張望著，他雙手揷在腰上，圓滾肥胖的雙脚紋風不動的釘在那兒。見金德走了進來，一張肥臉腫得像黃瓜，指著金德的鼻子便破口大罵：

「幹你娘！叫你送碗麵，也要半個鐘頭啊？街上好玩是不是？從來就沒有看過這樣的小孩，你不知道店裡正忙着是嗎？你看，碗筷都沒有了，還不趕快去洗。」

金德被他沒頭沒腦的罵了一頓，望了眼散亂在盆裏，堆得幾尺高的碗盤，偷偷地嘆了口氣，含著淚水在昏黃的水氣下，開始洗了起來。

老板在鍋前嘩啦嘩啦的炒著菜，嘴裡仍罵著。金德不時回過頭瞄他一眼，深怕什麼時候他一巴掌又揮過來。

而這時老板正赤著脚在鍋前移動著，肥胖臃腫的脚掌在厨房的泥濘裏踩著，一團團一條條的汚泥在脚趾縫間昇起又沈陷。金德一陣噁心，竟哽咽地哭了出來……。

（三）

夜深了，野猫在屋頂上嚎叫追逐，踩落的屋瓦在地上發出了輕微的折裂聲。厨房頂上低矮的閣樓中，金德躺在一隻破木床上，聞著不時由木板底下上衝的陣陣油煙惡臭。

木板呀的一聲，金德翻身扒近了正對街口的小窗子，透過沾著水氣的玻璃，街上的人早已散光，慘白的路燈在長街上，顯得有點朦朧有點淸冷。賣藥的販子已經陸續的收攤。沿著溝沿鋪設的木板上，只留下舊報紙、空盒子及幾隻野狗在覓食。遠遠賣粽子的叫聲，在空氣中廻盪著，由遠而近，又由近而遠。

應是凌晨了吧，金德蓋著濕冷的棉被，怎麼也睡不著覺。半年來，不知有多少個相同的夜晚就這樣消失在他冰冷的臉上。他每每極力勸勉自己趕快入睡，但躺著躺著，南部鄉下的禾埕，屋前的榕樹及死去的父親，總在眼前浮起。他想起了好多的舊事，其中一幕是國中畢業典禮的那天晚上，他與媽媽坐在屋前的石階上，媽媽輕聲的說：

「讀完國中也就可以了，你爸早死，家裡實在沒有能力再讓你讀書了。半年前，跟隔壁阿生嫂講好的，叫你去臺北她大哥那裏幫忙，每個月也賺點錢。」

她停了一會兒，見金德不答腔，又說：

「附近村子裡，那個小孩子不是學校畢業就到外面去找工作？你爸耕田耕了一輩子，作牛作馬的，結果什麼也沒留下來，倒不如去外面打零工，每個月收入還要比耕田好呢！像隔壁阿生伯的孩子他們，統統在外面工作，家裡的田雖然廢掉了，可是人家不是電視冰箱都有了？」

金德默默地沒有說話；月亮在山邊昇起，又圓又黃，天空裡只有稀疏的幾顆星星，榕樹上夜鶯在叫著。

媽媽又說：

「也是沒有辦法的，兩個妹妹兩個弟弟都還要唸書……阿公又生病……家裡困難你是知道的。只希望你趕快學會料理，自己開店了，才有出頭的一天。如果你還要像你爸一樣死腦筋，只知道耕田，那我們都不必吃飯了。」

金德還是沒有答腔，只望著樹頂的月亮，好久好久……

就這樣，從鄉下來到臺北，金德還惦念著家裡小黃狗快生了的當兒，就已提著麵盒去送麵了。

剛來時，老板倒是很鼓勵他：

「兩三年學下來，自己開店有什麼問題？你只要認眞地學，將來還不是可以像我一樣的自己做老板？我以前也是跟你一樣空手跑來臺北，不過幾年，這家店子就開起來了。」

沈老板一面撫著肚皮，一面自得著。又說：

「我才小學畢業就來了呢，比你年紀還小，也沒有你讀那麼多的書。」

金德一言不發的，望著這違章的小棚子，心裡有著異樣的感覺，說什麼自己千萬也不敢把自己的希望及家裡的期待，就建築在這油煙薰人的木板屋中。但來也來了，而且先付了五千元的工錢給媽媽帶回去，接下來的倒無所謂了。

就這樣，日子一溜就半年。但也就是這半年，金德益發的預見了希望的渺茫，他時刻都會想到，讀書時自己在臺上領獎的喜悅及老師的讚美，但那半年前的事離自己多遠了吶？而一張張貼在家裡牆壁上的獎狀又怎麼樣了呢？想到這裡，他打了個冷顫，還是不要想那麼多吧！趕快睡吧！

他翻身躺回了被裡，正要睡著，却突然想起，今天才注意到那賣藥的小猴子的脖子，在鐵環下的肉是那樣的結著疤而且浮腫，先前總以爲猴子好瘦，不過在毛髮下發現了這樣的傷痕，確是很使人大吃一驚。從前自己養的小黃狗雖也曾用鍊子栓著，但從來不像猴子那樣地把皮肉都撕裂啊！

他覺得好心痛，那樣乖、那樣漂亮的猴子，怎麼會把自己弄成那樣呢？他不是頂舒服的嗎？有地瓜有香蕉吃，而且不必淋雨不必受寒。眞是的！怎麼會呢？

金德想著想著，終於在疲累中沈沈睡去。

(四)

像往常一樣，當金德又送麵到滿春閣時，他發覺保鑣阿牛一反常態的坐在門口的椅上，神色有點詭譎，他仰頭靠在椅上吹著口哨，見金德進來便說：

「喂！明天晚上麵多送一碗啊！今天先端一碗到邊間，其他的還是放在桌上。」

金德應了一聲，提著麵走了進去。邊間的門關著，金德扭了下門把却推不開，才發現門扣門上了。

他把麵放下，拉開門扣，看到裡面一個十三、四歲的小女孩怯生生的站著，白白的臉上因驚懼而鐵青的嘴唇正微微的抖索著。她樣子長得很清秀，單薄裡帶著峻冷的模樣。金德一見她的凄苦樣子，心口不禁猛地一跳。

她本來坐在床沿上，見有人進來，便倏地躲到牆角，縮成一團，雙手緊緊的抵住牆壁。兩隻眼瞪得大大的望著金德，從那眼裏透露出一股恐怖的光。

金德把麵端到床前的小桌上，輕聲問：

「妳是新來的？」

女孩膽怯、迷惑的眼神望著金德，一句話也沒說，好一會才點了下頭。

「我是送麵的，叫金德，天天都送宵夜來。」金德又說。

那女孩浮腫的眼圈紅著，那一定是因爲哭的緣故吧……

金德望著她，突然興起了一個奇怪的問題，但看到女孩不說話，也就不問了，他退出房門，輕輕的將門帶上，正要走時，突然想起了什麼而站住。只見他手摸住門扣，不知是否該把門扣門上還是讓它開著？他遲疑了一會兒，想到了阿牛的凶狠眼神，便手一用力門上了門扣而走了出來。臨去時，他注意對面厠所上有個小窗正對著屋外，月光在那兒射了進來，映在白瓷磚上泛起一片茫茫的白。

門口的椅上，阿牛與隔壁的老鴇談笑著，金德低著頭，急急地從他們的談話間穿了過去；他聽到老鴇問道：

「是不錯嘛！細皮嫩肉的，不過太小了些。」

金德一驚，把脚步放慢，他聽著阿牛回答說：

「可以啦！這個年紀價錢最好呢。」

「多少錢來的？」

金德回過頭去，只見阿牛豎起了兩個指頭，嘴裡說：

「說好二年的。」

「噫！那不是白撿了便宜？」鴇母興奮地說着推了阿牛一把，咯咯地笑起來。

阿牛嘿的一聲嚓嚓的仰頭大笑。

金德正走著，阿牛的笑聲使他心裡一驚，幾乎鬆手把空麵盒掉在地上，眼前彷彿出現了那女孩的身影：那慘白的臉，那單薄的倚在牆角的顫抖，還有那恐怖與無助的眼光。

他心裡緊拉著，似乎一根棒子橫在胸前擠壓著他。他想到了她一頭軟而直的短髮，「比我還小呢！」竟是被賣來的。

金德感到一種莫名的恐懼，一陣冰冷從脚底昇起。她害怕她也會站在門口粉紅的燈光下，扭曲著身軀與阿珠她們一樣的排著隊，露出胸口……？

他昏眩了，第一次他想趕快回到閣樓去。也是第一次突然想到，母親、妹妹在家裡圍著桌子吃飯的情景。

金德脚步凌亂的走著，心思亂極了！這樣的事竟讓自己撞上了，以前在鄉下時，一向以爲妓女生涯凄苦含酸的，但來這裡後，看見阿珠她們愉快的招攬著客人，穿得好、吃得好，很滿意的樣子，還以爲自己以前的想法是錯了呢。而今天那關在邊間的女孩，難道也表示阿珠她們也都如此的曾關在那兒，同樣的顫泣過？

他不敢往下想。街上人潮洶湧著，枸杞熊鞭丸的攤前仍然擠得滿滿的。他竟有些憎惡這群人。「難道，這些人沒有妻子兒女或者姊妹？」他逐漸昏亂起來，不知不覺又站到小猴子的攤前。

老人驚異的望著他，欲言又止的，示意他挨過去，然後說：

「怎麼啦？」

金德一驚，清醒過來，見自己忙亂得連圍裙都鬆到大腿了，才赧然的笑了笑，說道：

「沒有，沒什麼……」

正說著，金德注意到小猴子的嘴角有血塊凝結著，暗紅的塊狀物與毛髮扭結在一起。

「咦，小猴子怎麼啦？」金德問道。

「唉，畜生就是畜生，今天早上脫下鍊子時，牠竟想跳出去，我抓了來揍了一頓……」老人說著，有點歉然。

「不是很乖嗎？怎麼會呢？」金德問。

「乖？猴子不比人哪。人再壞也可馴乖，猴子永遠是猴子，總是野的……」老人憤憤的指著猴子。又接著說：「不過也難爲牠了，跟了我這許多年，倒是第一次想走呢。臺北這地方眞不好混，連猴子都不想待下去啦。」

金德站著，注視著猴子頸圈疤痕。

「唉，我臺灣南北不知跑了幾趟啦，從來不曾這樣難混過。本來我以爲臺北要比鄉下好多了，才下決心租了這個攤位，想不到結果是這樣子。看來我不是改行賣春藥，便只好滾回老家去了。」老人望著鄰攤前的一大堆人，苦笑著說。

金德又怔住了，風濕草、解肝草，不是很好嗎？

老人又說：「唉！人老了，大概在這裡是混不下去的了，不如早點走吧。」停了一會又問：

「孩子，你幾歲了？」

「十六。」金德說。

「年輕就是本錢啊，小弟你還年輕，要趕快努力才好。等你到我這個年紀時，你就會知道啦。眞是，我這樣坐著是因爲老了吶，沒辦法啦，你還小，可以創下事業來的，這樣子送麵是送不出前途來的，應該去工廠或什麼地方學點手藝才行……。」

金德點了下頭說：

「我知道。」

老人不再說話，只望著他，好像很累了，猴子在一旁也出奇的靜坐著。金德提起了麵盒，拍了拍猴子，說：

「太晚了，我回去了。」

這個晚上，金德又睡不著了，腦海裡儘是小猴子、老人、關在邊間的小女孩，以及媽媽妹妹們的影像在沈浮著交互湧現。

他想到那女孩子怯怯地望著自己的眼神，想到了阿珠他們敞開胸口。他更彷彿見到一片紅色的暗影裡，她們在阿牛嘿嘿的笑聲中，一個個貼在壁上成了模糊的黑影。

他又想到小猴子頸間的疤，嘴邊的血。而老人的話語清晰的耳邊響著：

「少年郎要努力啊！」

「猴子不比人哪，總是野的。」

連帶著，他又想起家裡的小黃狗。有一次不知爲什麼把牠拴了起來，結果小黃狗又衝又撞的，扯急了還箍住喉嚨，一直的乾咳呢！他只好趕快解開，但那以後小黃狗便深怕著他了。想到這裡，金德不禁苦笑著，「狗也是與猴子一樣的吧。」

他翻了個身，注意到這發臭的小閣樓，老朽汚黑的木板，短而窄的空間——這不正像個籠子嗎？

朦朧間，沈老板肥胖臃腫的身子及那雙肉團似的手掌，像又向他揮來。

金德呀的一聲，拉起了棉被，一陣濕熱的臭氣湧了上來，他強忍著。

老人的話又在耳邊響起：

「送麵送不出前途來的。」

「去學點手藝吧。」

「少年郎要努力啊。」

「對！」他倏地坐了起來，兩眼在黑暗中展露著光輝，但隨即他又鬆懈了下來。他記得媽媽送他到店裡來的那天，媽媽在臨去時急切的望著自己說：

「好好的學，知不知道？以後也能像沈老板一樣自己做頭家。」

媽媽說著，眼圈紅了，聲音斷斷續續地哽咽著：

「媽走了……如果……你也要忍耐……知道嗎？……」

說完偷偷的塞了二十元在金德手中。

金德想到這裡，眼淚迸了出來，他埋首在棉被中，身子顫泣不止。

「要忍耐……知道嗎？……」

「家裡就希望你……知道嗎？」

他伏在被裡，過了幾分鐘，突然又推開棉被，頭凑近了窗子。

白茫凄冷的夜啊！清道夫已開始工作了。他們呵著手、彎著腰。有的拿著掃把，有的推著泥溝車，三兩成群蹣跚著，在黯然的街燈的照耀下，金德看到他們的年紀都很大了，正慢慢一步一步的消失在街尾。

他眼看著這些，心裡一緊，打了冷顫，好像因著這勞苦的人們，他為自己作了結論：

「對！就這樣子吧！」

他好像下定了決心，然後慢慢地躺回被裡，第一次，在隱約的夢境裡，他見到小猴子騎在小黃狗的背上，在田野裏飛奔。

（五）

金德昏昏沈沈的提著麵在街上走著，昨晚就像惡夢一般的延續到今天。他感覺眼前的一切都不眞實起來。雖然燈火依舊，人群仍然喧囂，但對金德混亂的思緒，却已不再有所影響。他清楚的感覺到內心裡有股慾望急待完成，但這慾望是什麼呢？

金德提著麵走進了滿春閣，突然心跳加速了。

阿牛仍在椅上坐著，阿珠在一邊跟他說著話：

「喔！永安飯店的老闆啊？多少錢？」阿珠問。

「一塊。」阿牛擧起一根指頭。

「那麼要送她過去啦？」阿珠又問。

「嗯，等她吃完宵夜，我們一起帶她過去。」

阿珠沒說話只點了下頭。

阿牛又自言自語的說：「差不多了，他吩咐我們十二點一定要到的。」

說完朝著金德喊：

「喂！叫邊間的吃快一點！」

金德開始了解他們說的是什麼了，他應了一聲隨即快步的端著麵來到邊間，他看了下厠所的窗仍開著，窗外好亮。一顆心隨卽像小鹿似的撞個不停。他拉開門，急急的走了進去，小女孩的眼圈仍紅著，不過倒換了一身紅洋裝。金德說：

「快點！你可以從厠所的窗戶爬出去。」

女孩愕住了。茫然的看著金德。

金德又說：「他們就要把你送去跟人過夜了，我剛剛聽阿牛他們說的，妳趕快走吧！」

女孩有點明白金德的意思了，但却問：

「出去那裡呢？」

「當然回家啊！」金德說。

「可是，我養母說，我如果跑回去，一定會被他們捉回來的。而且我養母說，捉回來就會被打死。」女孩戰戰兢兢地說著。

「不會的！他們騙你的。」金德焦急起來。

「我養母又說錢已經收下來替阿公治病，我如果跑掉，錢就會被討回去，那……我祖父……」

金德打斷了她的話說道：

「不會的，他們騙妳，妳趕快走吧！」

女孩忸捏起來。

金德又說：「妳出去以後，賺了錢再還他們嘛！並且他們不敢去討錢的，你現在不走，妳以後會後悔的。難道妳要像阿珠她們一樣的受罪嗎？」

說完，金德掏出了唯一的二十元塞到女孩的手中，並且說：

「這二十元給妳，妳出去後不要回家，可以先找地方躲起來。」

女孩還是遲疑不動。

金德益發的急了，見她不動，只得說：

「走不走隨妳，不過我們不門了，妳自己趕快決定吧！」

說完扭頭就走。

門口阿牛仍坐著，見金德出來，隨口問：

「吃完沒有？」

「還沒有！正在吃呢。」說完急急的走了出去。一路上他狂奔著，心裡期待著，不時回過頭來，望著天空。竟沒有注意到老人的攤前，那隻猴子像要死了似的，靜靜的蜷縮在一角，而老人的眼睛紅著，目送著金德急跑而過。

第二天，金德提著麵又來到老人面前。只見老人獨坐著，神色黯然而憔悴，金德注意到小猴子不在了，而老人的眼睛紅得駭人，一陣酒臭從他身上散發著。金德心裡一驚，隨即想到那天他撫摸小猴子時，小猴子瘦骨嶙嶙，一雙無神的眼空望著他。他隱約看到小猴子的眼睛閃著晶瑩的淚光。

他想問老人猴子那裡去了，但看了老人的神情却又不敢開口，只得無言的站在那兒。一陣冷風在脚底吹過，攤上乾枯的藥草微微幌動著。他看到空著鐵環的鍊子，靜靜的放在藥箱旁，在瓦斯燈的濛濛白光下，那鐵環顯得好黑好沈重。

「牠……小猴子……」金德突然一陣激動，丢下了麵盒，拔腿飛奔著衝進了他的閣樓裡。

（六）

金德病了，在床上躺了兩天。第三天稍好，便又送麵到滿春閣。他忐忑不安的望了眼坐在門口的阿牛及鴇母，正要走進去時，阿牛喊：

「小鬼，怎麼兩天沒送麵來？怕女鬼回來找你啊？」

金德不知他胡說什麼，只隨口應了聲，兀自走到裡頭，把麵放下，偸偸的往邊望去，沒有開燈，房門也半掩著，月光從對面厠所的窗中，模糊的照了進來。不禁心裡一喜，臉上綻開了笑容——「總算她逃走了。」

他快步的走出滿春閣，奇怪著厠所的窗子竟也沒封起來—難道阿牛不怕又有人從那兒爬出去？正想時，他隱隱聽到鴇母輕聲的問：

「眞的查不出來啊？」

「放心吧，永安飯店那麼高，掉下來頭都碎了，她又沒有身份證，認不出來的啦！」阿牛蠻不在乎的回答。

「那她家裏如果問呢？」

「唉！不會的，就說她自己跑掉就沒事了。」

金德不禁往永安飯店望去，七層高的大樓陰沈沈的聳立在黑暗中。他嘆了口氣，自言自語的說：

「可憐啊！不知道是那一個女人又被這些人害死了。幸好那個小女孩跑出去了，要不然……。」

他慢慢地走回店裡，腦筋昏昏沈沈的。經過老人的攤前時，老人已不在了。攤位空著，在兩邊的强光照耀下，顯得那樣凄冷那樣深沈。而華西街上仍是喧嘩熱鬧，人潮仍是從各方湧了過來，好似什麼也不曾發生過。

他突然感到一陣空虛。他想：

「明天，明天會是一樣的明天吧？」

風箏再見

(一)

對於風箏這個玩物，李義明向來懷著一種不可言說的關愛。在他生長的家鄉，那個金山海邊的小漁村裡，可以說風箏的一切占有了他的童年。

他的雙親以及其他的家人，在這個為著生活而搏鬥的社會裡，是極其純樸而堅毅的。他們在艱苦的環境中，很自然的擁有著對於命運的抗爭與不滿，這種不甘擺佈的心緒，使得他們一次又一次的向命定的困苦，提出不撓的抗拒，然而海浪的險惡以及生命的脆弱，是那樣輕易吞噬了他們對於大自然的幻想，使得數百年來，他們只得在凶險的浪濤中，習于接受命運的擺佈了。

雖然對於這些老一輩的漁人來說，子女就是他們的希望與生命的延續，當老人們咬著煙桿，坐在沙灘的破船邊修補魚網時，他們總會看到一個個小孩，從襁褓中搖搖擺擺地走向沙灘，撲向崢嶸的海石，而當他們赤足在沙灘中牽引風箏時，充塞老人心中的，多半是希望靠著這些幼年的嬉戲，使他們能早日筋肉强壯，昂藏魁梧，成為海舟中與命運搏鬪的撈海人。

他們對子女有著關懷，有著親情，但那種愛是屬於磨礪中的一部份，小孩們必須從小就熟悉海潮，認識海浪，而當海風吹拂他們臉上時，他們必須清楚濃淡的鹼味代表著什麼樣的前兆，他們是那樣必須自己去取得他們所想要的東西，於是除了與海有關的東西外，這些小孩是不知道世界上還有其他東西的。

也許撈海人的命運就這樣被塑成了；小孩們在轟隆浪濤聲中逐漸在海舟中站立起來。他們的胳膊粗壯了，腳底厚繭長成了，而堅定、憂鬱的眼神，開始出現在尖削有力的臉孔中。他們娶妻生子，而讓她們在盼望中祈禱著他的歸來。於是一代又一代的撈海人，在不可知的領域中，又開始了另一次新的搏鬪。

這就是小漁村整個的歷史了，李義明便是這歷史中許多撈海人中的一個。

從小他在海灘上追逐風箏，捕捉著因海浪而冲至沙灘的走蟹。他在海風中辨識天氣，據此而知道他的父親在什麼時候歸來。

偶爾小阿明也會跑到岩石上釣魚，小小的身子站在崎嶇的海岩上，在海風吹襲中緊緊執著釣竿，而尖銳滿佈海石的蚵殼，總使他因此而在脚掌上烙下血紅的印記。

他喜歡在沙灘上奔跑，留下一連串深而小的足跡，當風平浪靜的時候，他便會躺在濕漉漉的沙灘上，等著海水逐漸淹沒他的足趾，而在下一次浪潮捲來時，他便迅速跑開，向海浪做著鬼臉。

這一切是那樣的令他高興無慮，小阿明逐漸長大了，他開始參加拖網的行列。當他的父親與伯叔在大船上拖著魚網在海面圍撈時，他就會嚴肅的在沙灘上蹲著，聚精會神等待圍撈的完成，終於，帶著拖網繩頭的小船接近沙灘了，小阿明便迫不及待的率先跑過去，扶著繩頭大喊：

「來囉，來……囉……」

他是那樣的認眞與興奮，以至於當年長的大人們，因用力而把網繩拉得筆直時，他還不願放手，高高的被懸在空中，雙脚在亂蹬中，嘴裡仍隨著嗨唷、嗨唷的收網聲嘩啦大叫。偶爾他也會在兩個繩頭間跑來跑去，當魚網顯然的重了起來時，他便更加興奮的斜著身子，扯著繩頭用力起來，也許他是天生的漁人吧，當其他的哥哥姊姊們還在遠遠的岸邊撿拾著貝殼時，他便這樣的投入了生產的行列中。

終於在四五十人的協力下，兩條繩頭拉盡了，魚網逐漸出現在沙灘上，而漁網圍起的弧形的海水，早就因魚的掙扎而翻騰起泡。

小阿明從繩頭上跳了下來，緊張的在滾動的海水中尋找著，然而，他失望的時刻居多，一下午的興奮從此跌入了難言的低潮中，那混濁的海水雖然攪翻著令人興奮，但小阿明淸楚的知道，這一次又不會有什麼樣的收穫了，充其量，只有些黑黏黏的海鯉魚以及狀如蛇形的綠色尖嘴仔罷了。

他於是愁苦的低下了頭，回到沙灘的木麻黃樹下，漠然看著那些不值幾個錢的魚在沙上蹦跳，而昏黃燈下，家人圍坐飯桌的無語，旋卽從他腦中顯現，他開始懼怕起來，同時想到父親尖削油黃的臉龐，總是會在那樣的時刻裡咳咳的嘆氣，而十歲左右的小阿明，彷彿已經預見他的母親，明晨又會輕輕刮打著米缸了。

這一切的生活，隱藏在無言之後的困苦，是那樣的在小阿明的心中刻下了痕跡。雖然放風箏的日子，永遠是愉快刺激的，然而昏燈下的無語及嘆氣，更使他在幼小的心靈上，烙下了難以消除的創傷。

當小阿明追逐著風箏，越過一陣陣的浪潮時，在那無法壓抑的喜悅中，他每因父親尖削愁苦的臉龐，而旋卽難過起來，方才的喜悅，在刹那間成爲一個深淵，他只得停下脚步，怔怔地望著逐漸遠去的風箏，而當那爲風箏所扯緊的線索拉成一長圈的弧形時，他更感覺到陣陣不停的力量從線上傳來，彷彿告訴他：掙脫吧！飛翔吧！唯有向天空飛去，才有廣濶的一天。

小阿明呆呆的矗立著，兩脚已因久站而深陷沙中，不過他仍然不敢肯定他心中的慾望是什麼，只隱約的覺得，有種力量要在他心中迸現了，而他將不顧一切的去承受它。

他握緊了拳頭，瞥了一眼湛藍的大海，頭也不回的往家中走去。

終於小阿明上學去了，雖然以他這個年齡來說，早就過了入學的時刻，但在這鄉下的海濱，晚個幾年上學倒是正常的事。

他幾乎是一開始，便以拼了命的精神去用功。每天清晨，當浪潮拍擊著岸邊，混和著鳥叫聲傳到床上時，他便一骨碌的爬了起來，在晨曦中做著功課，然後蹦蹦跳跳地去到學校。

這個學校是個小學分部，只有四班級的學生，距離李義明的家約莫三公里遠。每天早上，小阿明都是興高采烈的赤足踩過沾著露水的草地，穿過植滿木麻黃的防風林。偶爾他會在半途中鑽進竹林，追逐學飛的小鳥，有時却又拾起一根竹子，擊打沿著小路流到海裡的小溝。

他是如此的高興，唱著昨天才學會的新歌，而不時摸摸綁在腰際的書包。他的書包與他的上學，同樣使他得意。那是他的母親最新最漂亮的一條布巾，雖然只是粗布做的，然而鮮紅的底色配合著大朵黃花，使他極爲滿意，而每當他把書本包裹在布巾時，總不忘記把一朵最大的花向著外面，這樣那朵最漂亮的花就能讓同學以及鄰居看到了。

對於貧窮鄉下的孩子來說，讀書永遠是極具艱苦的；老師的草率，設備的缺乏，再加上長輩們對讀書的態度，使得讀完六年畢業的學生少之又少，然而李義明却與他們不同，他有著異乎常人的精力以及專注的毅力，他一遍又一遍的把所有功課背熟，字是寫了又寫，算術是算了又算，學校的老師因之對他發出了驚奇的讚嘆，一致認爲憑著阿明的程度，絕對不比都市的小孩差。

阿明因此在畢業的十六人之中，獨自跑到鄰村的中學唸書。

這勿寧說是阿明的成功吧，他開始幻想起來，計算著將來的一切，在每天跋涉一個多小時的路程中，他幾乎無時不爲自己的前程鋪下美好幸福的道路。

他依舊是淸晨早起，在沙灘上對著晨曦背誦英文，在木麻黃樹下就著沙地演算代數，他的功課是那樣好，而希望是那樣的濃厚，使得這從小便深深感受到困苦生活的孩子，更加興起了對將來的憧憬。

慢慢地，他感覺晨曦的時間已不敷他使用了，因著諸多的原因，他的雙親終於接受了阿明的說服，准許他在晚飯後也點起油燈來。於是阿明對自己更加有著千萬的信心了，他知道憑著這些努力，他終將超越自己的命運，脫離那些圍繞著他的貧窮與困境。

他長高了，身子也一天比一天瘦了，臉孔透出一股强烈堅毅的哀怨表情。

他考上了省中。

幾乎不用爭議的，他必須住到學校去，他的父親，那位蒼老的漁人，似乎早已料到這一天的到來，在一個淸晨中，平靜地送著阿明到了鄰村的車站。

天還不十分亮呢，車站裡幽暗的燈火，微微照亮了父子兩人相執的雙手。阿明望著父親模糊而瘦削的身影，感覺到父親的手，隱約的顫抖著，他別過頭去，堅請父親回去，末了，老人還沙啞的要求阿明寫信回來：

「我是看不懂啦！你兄弟會唸來聽……」

阿明點點頭，目送著父親離去。第一次感覺到父親老了，步伐蹣跚了，而佝僂的腰桿，大概無法繼續在海舟上捕魚了吧？

他因之想到了他的兄弟姊妹們，他們此刻是否正酣然於浪濤聲中熟睡，而一早又得在浪濤中打滾討海呢？

他深深嘆了口氣，瞥了一眼自己乾淨畢挺的學生服，便在幽暗的燈火中背起英文生字來。

(二)

秋天開始好久了吧，李義明藉著逐漸出現在國父紀念館空中的風箏，而感到季節的更替。那些鷹狀的、三角的以及菱形的風箏，飛翔在廣濶的空中時，總那樣深深地吸引著已經三十歲的他。

不知從何時開始，李義明便喜歡到國父紀念館來了。這裡有大片的草地，寬廣的空間，使得上了一整天班的他，爲之身心一鬆，這在高樓圍繞的臺北市中，不啻是一種享受？

但是到這裡閒逛，總也是在他的妻子玉珍生產後的事了。在這之前，雖然他的住所就在紀念館後不遠的吳興街上，然而幾年來，他每天不知經過這裡幾次却從來沒有過到草地中走一走的欲望，或許，那時比較忙碌吧。他向自己這樣解釋著。

然而他却無法向自己解釋，爲什麼在玉珍生產後，他會開始走到紀念館來。那彷彿是夢遊的不可知悉的原因哩，總之他開始來到了紀念館的草地中。

他總是在紀念館前下車，穿過草地，在小湖邊稍事停留後，便坐在涼椅上，看著每個走到這裡的人。

偶爾，他也會在草地上坐了下來，享受著傍晚時涼沁清新的空氣，他是那樣依戀著這裡，直到夜幕低垂，燈火亮了起來時，才依依走回他的公寓中。

李義明自臺北工專畢業後，服完兵役回來，便在臺北一家塑膠公司找到了一份工作，那是家龐大的企業，數千名員工中，他佔著一個不大不小的職位，雖然薪俸不致讓人眼紅，但對於李義明來說，一切是那麼順利而令他感到滿意了。

他的妻子玉珍，原是公司裡的同事，兩人交往多年後，終於在前年結了婚。婚後的玉珍，仍在公司裡上班，今年四月份，生下第一個孩子後，李義明便做了父親。

對於李義明來說，好像事情就是那麼簡單了，結婚、生子，這一直盼望著的東西，竟在一刹那間全部到來。他往往不敢相信這會是事實。就在玉珍住進產房的第二天，他便來到了國父紀念館的草坪中。

「丈夫？」「父親？」他啞然的苦笑起來。一向對這些他是抱著很大的期待的，想不到就這樣輕易的到來，他猶然記得，結婚後的幾天裡，有個同事問他：

「怎麼樣？結了婚有什麼感想？」

「嘿……」

他突然楞住了，第一次體會到自己是已經結過婚的男人。然而在此之前，期待的便是這個嗎？

「怎麼樣？做了爸爸了，高興吧？」同事這樣問。

「嘿……」

他仍是歉疚的絞著手，一句話也答不上來，不過，他眞的慌亂茫然了。

難道我不應該高興嗎？難道這些不是我一向在努力著追尋的嗎？結婚、生子，不便是一直的目的嗎？

李義明這樣自問著，卻反而更陷入了迷惑之中。他淸楚的知道，這些正是一向所追求著的。

打從退伍回來，開始上班的當兒，他便這樣希望了。

他努力的工作，拼命的加班，想著升遷，想著銀行的存款，而當他偶爾鬆懈，稍稍倦怠之時，他總使自己相信，這次的奮鬪將是一生中最後的一次苦難了。從此之後他將享受那些幸福、甜美的果實而不必再苛求自己了，於是他又更拼命的努力起來。

然而今天，他所有的目的都達到了，他在吳興街有一幢自己的公寓，有一位善良賢慧的太太，更有了一個可愛的孩子，正是他應感到滿足、欣慰，而去嚐受結果的時候了。

他難道不應該高興嗎？他又還企求什麼呢？

李義明知道自己是個寡慾的人，從來便只有努力的去追求正常的人生的階段，可是，他如今也不禁茫然起來，那麼多年的茹苦與自礪，便只是那麼輕易的換來這句話嗎？

「李先生嗎？你太太……」

「恭喜你做了父親……」

李義明有點失望了，他苦笑般地咧開嘴唇，在草地間倘佯起來。

也許，今天太累了，才會有這樣的想法。他安慰著自己。然而，煩悶好像愈來愈使他不安了。他時時有種蠢蠢欲動的心悸在心中鼓動。而他也開始坐立不安了，他無法掌握自己的心緒，更無法知道自己的慾望到底是些什麼東西。

他更同時的埋怨自己，屋子有了，妻兒也有了，這不是別人正努力著的嗎？自己又還想些什麼呢？他逼使自己出來做點事情，然而做些什麼呢？

看電視？看電影？看書？或者……

他發現他沒有辦法去好好做一件事情，連一向丟不開的書本也看不下去了。現在還需要看書嗎？現在還需要用功嗎？他不禁憤怒起來。

然而他是怎麼樣了呢？從小他希望能在大城市生活著，娶個城市的小姐，可是現在連孩子都有了，爲什麼反而陷入這樣的煩惱呢？

時間在煩悶中緩下腳步。而他也愈來愈憂鬱了。玉珍鼓勵他參加些社團：僑藝社、象棋社……可是，又有什麼用？他無法對任何事情專注下來。

他留在國父紀念舘的時間愈來愈多了，那怕是下雨他也一樣的撐著傘在雨中行走。終於他好像覺悟了，好像發現了事情的癥結了。

那是一個傍晚吧，他照例在紀念舘的涼椅中坐著。一個小孩興高采烈的在他眼前，放起了風箏。當風箏乘風而起，向天空飛揚時，他突然高興起來，彷彿是他在牽引風箏一般。

風箏愈來愈高了，李義明憂鬱的心也隨之碰然跳動起來。他想到了小時候奔走在沙灘的情景，更想到了晨曦中做著功課的喜悅。

他陡地站了起來。對，沒有錯。

「希望！就是希望。」

他喊了出來，他知道，目前他是缺乏著這個東西罷了，他想起小時的努力來了。那時候多麼希望能脫離那樣的環境啊！所以，小學時，想著初中，想著高中，更想著再上層樓，祈禱能藉著這些擺脫困苦的環境，而工專畢業後，想著退伍，想著結婚，想著孩子，可是，為什麼就沒想到有了孩子後的日子呢？

「當然是把孩子撫養長大了，」他對自己說。然而孩子現在才幾個月大，要如何去想像他長大可以讓自己灌注心力呢？

那麼說，現在正是沒有希望，沒有目標的時候了。

人生便是如此嗎？那麼多的奮鬪，那麼多點燈夜讀的苦楚，便只換來這樣的結果嗎？而開始賺錢後，一分一毛的節省，一分一秒的加著班，便只因著現在這種煩悶的時刻嗎？

他眞正的失望了，想著自己所擁有的一切都是那樣的微不足道，而這僅有的微不足道，卻曾經是以心力交瘁的努力換取而來，他不禁抬頭嘆息，消失在暮色蒼茫之中。

（三）

李義明在國父紀念館邊側的中山公園，靜靜地站着，他不時抬起頭來，在皎潔的月色下，向進口處注視。

這是夜晚寧謐的秋夜。空氣清涼而使人精神舒爽，圍著樹木花圃而亮起的路燈，靜靜地在矇矓中，散變著柔和而撩人遐思的光暈。

他不時把視線掠向鐘樓的鐘面上，已經快九點了，心臟撲地蹦跳起來。

他試圖尋找著見面時的話語，然而她的臉孔旋卽浮現了。

她有清新甜美的臉龐，含笑的眼睛下，小巧的鼻小巧的唇，加上尖小圓潤的下巴，使她更加顯得玲瓏可愛。然而使他無法忘懷的，卻是那嬌笑着的無邪笑靨。

半個月前，他在這裡邂逅了她。那時她笨拙的在草地中跑着，試圖讓她的風箏飛翔起來。然而她甚至連風向都弄不清楚，風箏在幾公尺的高度便墜落了。

李義明漠然的看着這一切，突然有了一種衝動，那是一股令他心悸的慾望，他站起身來，向女孩跨步走去。但他又畏縮了，想着自己的壞，走到一棵樹邊，努力要平息心中不停的吶喊，他佯裝察看綠色的枝葉，終於他抬起了頭，不顧一切地走到她的跟前：

「小姐，我來幫你好不好……」

他顫抖着，難以置信他已開始去勾引她。

「你很內行嘛。」當風箏昇空時，女孩笑了起來。

「我從小玩風箏到現在。」李義明因她如鈴的格格笑聲，而跟著高興起來。

「喔！」她歪著頭，眼睛全是笑意。

「那時候放風箏都是在海邊，想不到現在臺北也流行了。」風箏在空中搖擺著，李義明搶過了繩線，前後扯動，風箏又再度昇起。

「眞的？我最喜歡海邊了，我外婆也是住在海邊。」她的眼睛深深地有種亮光在閃動。

「妳還在唸書嗎？」李義明問。

「沒有啦，在貿易公司上班。」她指著一幢不遠的大樓。

以後的數天裡，他倆天天都碰頭。李義明又開始注意自己的穿著了。然而，他知道他不能奢求太多的東西，雖然這彷彿是個鮮烈的愛情，而且是由自己去招手的，但……他隱隱然有股犯罪感在心裡掙扎著，到底，自己在幹什麼呢？

當李義明懷疑她是否如約而來時，女孩在門口出現了。他們找到一張涼椅坐下，而李義明却激動地說不出話來。

看到他這副樣子，女孩吃吃地笑了。

「嘻……我頭一次晚上來這裡。」

「我……我也是。」

對於李義明來說，要克服自己相信這樣做是沒多大關係，却是害他失眠了數個晚上。打從第一眼見到這女孩後，他便說不上來的，無法將她的笑語從眼前拂去了。他捕捉著她甜美的臉龐，回憶她說話的每一神情，雖然他從來不曾想到過，還會再碰觸到這種情感，可是，這不就是愛情了嗎？居然又發生在自己身上了，多麼令人驚訝啊……可是，可以嗎？他自問著。

「別那樣看人嘛。」女孩嬌嗔的說。

由於這句話，李義明從玄思中驚醒過來。

「妳家裡在南部啊？」

「對，雲林。」

「在臺北多久了？」

「六個月啦。」她低下頭，聲音也放輕了。

「畢業就來了？」

「不，我已經上班兩年了！一個家裡附近的加工廠，我做會計。」

兩人突然沈默下來，天空的星兒閃閃發光。

「臺北很吸引人。」李義明自言自語的說。

「也不是……其實我也不願意到臺北來……」她好像哀傷起來。

「喔？……」李義明有點納悶。

「不要談這些好不好？……」女孩盯著李義明看。

「嗯……妳喜歡風箏？……」

「看到它飛起來就高興……其實你知道我是不會放的，那天，好無聊，就買了一個，結果多虧你，要不然它永遠也飛不起來呢……。」她又笑了起來。

「哈……」李義明跟著輕笑。

「好貴！一個風箏五十元。」她突然想到。

「五十元？我們乾脆自己來做個大的算了……」他說。

「眞的，你會做啊？那我們來做個大的，飛得好高好高……」她興奮起來。

這夜晚總是令人愉快的，無數的黃昏，無數的良夜，便這樣過去了。

李義明發現他已深深愛上千慧了。而從千慧的眼神中，他也同樣感到千慧對他的感情。

半年來，他們多次約會，在夜燈下喁喁談心，原來千慧到臺北來，算是逃避命運呢。

千慧高商畢業後，就在家鄉附近的工廠做一名會計。她天真浪漫，對諸事都存有一種美麗的幻想。她在求學的階段中，由於家庭環境不好，也曾狠狠地鞭策自己向上追求過。開始上班後，一切的努力在一刹那間顯示了出來，她憧憬著幸福的時光，珍惜著每一份她應得的果實。

這樣子過了兩年，她的母親却要把她嫁了。

「我那麼小，才不要結婚呢。」她倚著李義明。

「嗯……」李義明摟著她的肩。

「還沒有玩够就要結婚，我才不會甘心。並且，那個人也只是小學教師……不過聽說家裡很有錢。」千慧忿忿地說。

李義明想到自己的婚姻，把她摟得更緊了些。

「所以我就跟我母親大吵了幾天，我媽拗不過我，只得讓我來臺北工作，不過，她只限我一年的時間……。」千慧含情脈脈地注視李義明。

「一年？那不是就要到了……」李義明驚懼著。

「我本來想……如果……我才不要回去。」她欲語還休地，突然又大聲起來。

「……」

「如果眞的沒辦法，我……我媽也養我那麼大，我只好……」她輕輕地說。

李義明開始沈思起來。一年？那麼只剩下幾個月的時間了。她將回到家鄉去，然後結婚……。李義明懊惱地嘆著氣……這一切終又將煙消雲散了？而自己便仍要恢復到以前那種煩悶，無奈的日子中？……不……我要改變這一切……。

李義明想到這裡，把千慧扳了過來，緊緊擁住了她。

「千慧……我……」

千慧在這同時也擁緊了她。好像期待李義明有任何的擧動或者言語。

然而李義明僅只抱著她，沒有任何的言語及動作，而千慧就伏在他肩上，輕輕喟嘆起來。

對於李義明來說，這應是他一生中最重要的抉擇吧，他相信，只要他願意，千慧便會答應他，那麼，他們可以結婚，永遠廝守一起，她並不知道他已結過婚。

可是李義明遲疑著，謹愼的在腦海中想著這一切。他知道他是極其深愛著千慧的，他不知道失去了她的日子將要怎麼渡過，然而問題倒不是他能否這麼做，而是……他委實不知此刻該怎麼辦了。

他害怕前時煩悶的日子，更害怕沒有理想、沒有目的的生活，雖然玉珍始終是那樣體貼的善待他安慰他，可是當一個人對生活感到厭煩時，活著豈不是一種虐待？

認識千慧，使他掙脫了噩夢般的生活，他開始對生活感到一種奇異的期待，連上班也成爲有意義的事了。這當然不是因爲跟她在一起，有著犯罪感的刺激而已，而是，他生平第一次感覺到自己眞正的想要一樣東西。

他曾經爲此事苦苦地思考了幾個晚上，他試圖分析這兩個女人對他的意義，他終於了解了存在他一生中的某一些事實。

他開始覺悟到，在他的一生中，他始終只扮演著盲目追求的角色。從小學開始，他盼望升上初中，初中而高中，他更盼望著升上大學。果然，這一切很自然的一一完成了。退伍後，他開始了上班的生涯，幾乎是不加思索的，他著手籌措買房子，想辦法娶個妻子，而這些也是那麼自然的轉眼來到，甚至小孩也在順利之中到來。

然而這一切是否眞的便是自己熱烈去追求的呢？他不停的反問自己，終於發現，那只是循著順序的層次而已。讀了初中，自然要升高中，讀了高中自然要升大學。這些都只是那麼樣的自然來到，而自己所唯一付出的，便只是跟著它走罷了，就像隻被牽著鼻子的牛，盲目的行進。

而這樣的盲目，便是一生中，汲汲營營努力著的原因嗎？自己是否眞正的去選擇過呢？

他不敢再想像下去了，原來自己所努力的，都是一程又一程的階段，而他，只是在盲目的追求無可選擇的東西而已。

這是多麼殘酷的事實啊！

然而對於千慧，他確是有著不同的感受，他明知道不該去勾引她，卻偏偏做了。明知道不可對她發生感情卻又那麼深深地愛上了她，這一切都是他自己去選擇擷取的，一如他毅然用功，擺脫那個撈海人的命運一般，他發現他的一生中，竟只有個愛情是他自己選擇的，那麼就要全力來取得它了。李義明湧起了信心，想起了他擺脫貧窮的勇氣，對！像那風箏一樣。我要飛升，超越自己的命運。他握住了拳頭。

然而，玉珍呢？孩子呢？他不敢想像那賢慧的太太，知道這個消息後的反應。

「離婚？」

那麼陌生的字眼，果然眞的要由自己來做了？

他緊緊抱住了千慧，心頭千言萬語也說不清的茫然，他祇好把她摟得更緊更緊。

千慧見他沈默這許久，突然輕輕說：

「你不是說要自己做風箏嗎？材料我已經照你的話買好了，什麼時候做呢？」

「明天！明天吧！」

李義明抱著千慧的手突然鬆開，沙啞的回答。

他望著草地，許久許久，才扶著千慧站立起來，往門口走去。

（四）

風箏已足足做了三天了，那是在千慧的小房間裡，在下了班後的黃昏，兩人默默地忙著。

李義明知道千慧有許多的話語要向他傾訴，但他不敢讓千慧有這個機會，他知道一旦千慧主動表示意思時，他將會措手不及的壞了事。

他用絲線小心地綁著風箏骨架，一方面漫不經心地引開千慧的注意。然而千慧深鎖眉頭，時時欲言又止的低垂著頭。

終於風箏做好了，李義明拿起了三尺餘長的龐大布鳥。

「我們去試試看吧！」

千慧柔順的點著頭。

國父紀念館的草地中，在這傍晚裡，永遠是那麼多人，李義明彷彿下定了決心。

「千慧……我們……」話說到了嘴邊，又縮了回去。

「嗯……」她很用力地嗯了聲，眼睛也湊了過來。

這幾天她的眼睛深沈而憂鬱。李義明有些不忍，別過了頭。

「妳知道……我……」

唉！他本來要說我愛妳的，却仍然吐不出話來。

千慧含著淚水望著他。她咬了下嘴唇。

「義明：我一直想告訴你……家裡來信了，媽媽要我即刻回去，她已經跟那人說好了，聘金已經收下……」

李義明發呆似的楞著。

「不過……我想還有……只要……我們……」

千慧哭了出來。

風箏在空中飛了起來，李義明突然想到南部那陌生男子的嘴臉，以及那像繩索般使人無法抗拒的，將要綁住千慧的婚姻，他突然傷感起來。

命運！命運是否就像這風箏，始終爲這個繩索所繫住，當我們奮掙而去，以爲超越了命運之時，是否又陷入了另一種絕境呢？

他想到他一生所做的追求，都是些命定的無可選擇的事物，於是他更加悲痛。

千慧見他不說話，好像逼著使自己勇敢些。她的嘴唇已經咬破了，殷紅的血在唇角漾著。

「你說說話嘛……我……如果我們……我就不……。」

李義明在此時，突然激動起來。

「千慧，我愛你！我們結婚，永遠廝守一起。」他在心裡吶喊。然而他却嘴唇發顫，一句話也沒說出口。

他是那樣無助的瞪著千慧。

「那……我……再見了……」

千慧轉過身子，哇地一聲，抱著頭狂奔了回去。

「再見！」千慧的話語，在李義明的腦中轟然炸裂，「不，不，千慧：我……。」他好不容易在痴呆中清醒，抬眼看時，千慧已跑出幾十公尺外了，而風箏的繩在他手上扯動著。他望著那飛翔的紙鳶，流下了幾滴情淚，手一用力，繩線應聲而斷，他拔腿也飛奔起來。

風箏一失去束縛，搖擺的向上昇起，然而却旋卽失去張力，而偏斜墜落。

李義明朝著門口沒命的跑著，他聽到那些圍觀的小孩子，爭先恐後的叫聲在後面響起：

「看喔！大風箏掉下來了，掉下來……囉……」

李義明停下了脚步，望著還在半空中搖幌着墜落的風箏，喃喃地說：

「再見……再見了……風箏再見……」

歸

天空正晴放著艷陽，却突然飄落幾絲細雨來了。李念萍詫異的闔起書本，走出樹蔭，抬頭看時，只見中視廣播大樓矗立在陽光逆射的光暈之中，交錯著滿天斜飛的雨絲，很是一幅撼人的景色。她急忙從提包中取出照相機，調好光圈正要按下快門，鏡頭中却不見那些雨絲了。她納悶的怔立著，許久，才又回到樹下的涼椅中，望著仁愛路寬廣的路面而沈思起來。

這是午後兩點鐘令人慵懶的時刻，路上的車輛，稀稀疏疏在她眼前馳去，彷彿是因這怪異的天氣吧，李念萍在心裡抹過一絲不安，也不知甚麼緣故，竟似有股不祥的念頭在心中漾動。

她這樣躲在樹蔭下看書已經好久了，今天是她輪休的假日，所以一大早，她便拿著書本，走到這馬路中的小公園來。

說起這小公園，她倒是有著一種奇異的感覺。那應該是大學時代吧，她便常常趁著夜色，到公園來散心，想不到這一來，便成了習慣，直到今日都快三十歲了，還是這樣不自覺的走了過來。

當然事實也不只這樣而已，與戴便是在這裡相識的呢。難怪李念萍對這小公園，有著一種難言的感情了。

她坐在涼椅上胡思亂想著，然而一思及戴，她却不由得苦笑起來。也許感情的事，是眞的如此難以捉摸吧。

與戴相識五年，除了感情驟然失去之外，倒留下了一大堆的煩悶。她猶然記得送戴上飛機時，戴這樣說：

「萍，放心，拿到學位，我卽刻回來。」

他說時，眼睛滿滿的情意與誠懇，李念萍哇的一聲撲倒在他身上，顫篤篤的哭了起來。然而這許多年了，他的博士學位想必早已到手，却一直音信杳然。也許戴早忘記，這小公園中的山盟海誓了。

對於戴的感情既是那樣的深，她因之便更加的怨懟戴的一切了。雖然初戀總是很難使人忘懷，然而李念萍却也無法再擁有第二個愛情，她日夜盼望的等待，却又換來年華的老去。她終於有點釋然，到底世故隨著年齡而增長，她反而慶幸自己年輕有過那樣的愛情，那不是很使人回味的事嗎？

自從戴去了美國，李念萍便專心貫注在她的工作上。她是新聞系畢業的，這幾年，倒是博得了名記者的美譽，但這些對於李念萍來說，其實也無關緊要，她並不是事業心很强的女子，只是這麼多年來，對於戴的情愫仍存有一種憧憬，使她無法再嘗試新的感情，於是便只有靠工作來忘懷過去了。

「小姐……」

李念萍正沈思著，猛不防男人的聲音在耳際響起，睜眼看時，只見那人哈著腰，欲語不語的緊望著她。──糟糕

李念萍暗自喊了聲不好，又來了窮極無聊的男人。她扭過身子不去理會。

「小姐……」

──討厭

她暗自罵了聲。也有那麼不知趣的人，她兀自別過頭，正想起身離去。

「對不起，小姐，我看到你一個人坐著，便過來了……我……我急需要跟人談談，妳……」

他吞吞吐吐的，費了好大的勁才擠出了幾句話，李念萍因他言語怪異，不禁朝他望去。

他穿著淺藍的襯衫，灰色的長褲，微微佝僂的修長身子，秀氣白皙的臉上架了一副金邊眼鏡，看起來頗是讀書人的樣子。看他年歲，約莫三十五六吧，却有點病懨懨的感覺，李念萍看他的樣子，又聽著他的話語，不禁有點駭然，總該不會神經不正常吧？

「小姐……你知道，我急需一個朋友，有一些話，我一定要說……」

李念萍眞被攪糊塗了，由於職業的本能，她直覺的很想知道，到底是怎麽回事。

「你有話慢慢說嘛。」

「我……你要是我朋友，我便跟妳說……」他益發的語無倫次起來。

「你沒有朋友？」

「沒……沒有，可是我一定要找個人說話，我已經辭職了，有些話我一定要……」

他話說急了，聲音顫抖著。

「你辭職跟朋友有什麼關係呢？」

李念萍愈聽愈莫名其妙，不過她清楚的感覺到，一股龐大的壓力正壓在這男子的身上。

「我自己辭職的，我沒辦法做任何事情，可是沒有人知道我爲什麼要辭職……沒有人知道我，沒人知道我的苦心……」

他越說越激動，逐漸吼叫起來，見李念萍楞在那兒，便接著又說：

「知不知道，我一定要辭職……」

李念萍因他吼叫而吃了一驚，站了起來。

「你不要兇嘛，那有人這樣說話的。」

「對……對不起，我……」

他倒退了一步，流露出恐怖不安的神情，唯唯謹謹的呆立著。李念萍有些不忍，依舊又坐了下來。

「你說吧。」

「眞的，我一定不能再幹下去了，你一定要相信我。」

「那你爲什麼非要辭職呢？你到底做什麼工作嘛？」李念萍一口氣問了一大堆，她愈來愈有興趣了。

「我……研究員……我不願再幹下去了，我毫無參與感，我絲毫……我有能力，我有熱誠……可是……沒有人……我恨這些人，我恨這樣的……。」

「哎，你不要激動好不好？你這樣說，我怎麼知道呢？」

李念萍憐恤的望著他，但他却像洩了氣的皮球，頹然的一屁股坐到草地上，只見他雙手緊抓著頭髮，嘴裡不停的喃喃嘀咕著。

李念萍見他如此，不由得嘆了一口長氣。

「我們雖然不認識，但我很同情你的遭遇，可是我要怎麼幫助你呢？你總要平靜下來，心平氣和的才能解決問題嘛？」

「不……不……妳不知道，太可惡了，那有這樣的……我一心一意要更好，可是他們……全完了一定完了，我……我不能再忍受下去了，知不知道……我毫無參與感，知不知道……。」

他說到後來已是聲嘶力竭，翻身撲到草上便痛哭起來。

李念萍喊了他幾聲，不見答應，便只好走了開去，遠遠還彷彿聽到他狂叫著「我恨我恨」的字語，然而李念萍一顆心却因此更無法平靜下來。

連著下了幾天的雨，李念萍在辦公室中望著飄在空中的雨絲，無端的又想起那害精神病的男子來。自從那天她離他而去之後，便一直無法把那男人的形象從眼前拂去，耳裡似乎總聽到他嘶喊著的話語，像是垂死的靈魂在厲嚎著令人顫慄的叫聲。雖然這社會中，精神病患總是很使人憐恤的，但像他那樣一個男子，便更使李念萍湧起惋惜的感傷了。

「鈴——」

電話鈴聲，把李念萍從遐思中喚醒過來。

「喂？採訪組……是，我是……喔，好，我馬上去。」

李念萍放下電話，提了照相機，卽刻衝出大門。她坐上計程車，朝著安格企業大樓駛了過去。

那裡早已圍上一大群觀衆了，李念萍好不容易在人群中擠到前面，好多友報的記者先她而到，大家議論紛紛地嚷成一團。

「怎麼回事？」

「哎，自殺的，從頂樓跳了下來。」

「問到資料沒有？」

「沒有，聽說是個留美的博士。」

「喔？」

李念萍湊過身去，死者已經用報紙掩蓋起來，只露出藍色的襯衫及灰色的長褲，在血泊中靜靜地展露著。離開頭部不遠處，摔破的玻璃鏡片圍繞着一副金邊眼鏡框。

她腦中轟然巨響，想起了那日在仁愛路遇著的神經男子。

「莫不是他？」

「不會吧？」

他直楞楞的無法平息突來的昏眩，耳邊只聽得友報的記者們在交談：

「哎，你說的是……叫張……什麼的留美學人啊？我好像在×大的園遊會中訪問過他，他後來好像決定接受客座教授的職位吧？不過是這個人嗎？」

「眞是留美的博士啊？」

「會嗎？總不至於……」

「對了，他後來好像還是那個機構的研究員哩？」

記者們七嘴八舌又多話起來。李念萍腦中唯閃動著，那日他撲在地上嚎啕大哭的情景，那樣怪異天氣的午後所發生的事情又佔滿了她的心思。

—不，我不能再幹下去了…

——我恨，我恨這些人……

那呼嚎慘叫的聲音又淸晰在耳際響起。

留美博士？博士？會是他嗎？李念萍想掀起那覆蓋在死者頭上的報紙，然而她望了望染著血跡的淺藍襯衫以及灰色的長褲時，那男子秀氣白晰的臉孔又浮現上來。眞的是他嗎？她不敢相信這是事實，然而……她益發昏眩起來。

「可憐，他還不到四十歲吧？」

「好端端地幹嘛想不通呢？」

「總不會失戀吧？」

「大概老婆死了？」

記者們嘀嘀咕咕的議論著，冷不防李念萍吼了起來：

「住嘴！不要講了。」

李念萍摀著臉孔，衝出了人群，跑不了幾步，却哇的一聲嘔吐起來。她知道他爲什麼死的，她更恨自己當時沒有能好好開導他，而現在……她冷眼觀看著那些聚攏著的人群，嘴裡喃喃地自語著：

「喔……我知道，我知道。」

人群自動的讓開一條通路，只見醫護人員熟練的把死者抬上擔架。李念萍却突地衝了過去，見那死者身上覆蓋白布，她一狠心伸手便掀，然而到底是慢了一步，擔架手輕輕一拋，便把死者送上車去了。

李念萍怔怔的垂下顫抖的手，望著救護車絕塵而去，突然間湧起那男子嘶叫着的兩句話來：

「我豪無參與感，我不能再忍受下去了。」

「我恨，我恨……知不知道？所以……」

她突然打了冷顫，感覺陰沈淒雨的天空向著自己擠壓下來，而那男子撲倒在草地上嚎哭的形象，却益發澎湃得不可收拾了。

山村

在那圍繞著大屯山的群山裡，有一個窮苦的小山村。十數間老舊的農舍，零星分佈在山腰中，像黃色的寶石嵌在綠色的絨布上。

在風雨擊打著的夏日，每當颱風遠去，大地又回復暑熱的陽光時，這個小山村，有時會在枯寂中，展露一種寧靜的淒美，像沙灘上枯死的貝殼，翻轉出它深邃而淒凉的腹部—在那空無一物的空洞中，白色光滑的內殼，漾著陰冷的稜角。山坡上，紫竹軟垂著枝葉，而屋舍旁潺潺流下的泉水邊，一群群半裸的孩子在崢嶸的岩上，因炎熱而懶洋洋的半臥水中。

夏天尚未過去，秋天還在山頂呢，順流而來的魚蝦，便肥肥胖胖的蹦跳著出現在家裡的水缸中。勤勉刻苦的山村居民，終於綻開了一絲笑容，因爲只等早晚濃深的霧氣到來，便是收獲紫竹筍的時候了。

山排上，在那突地昇起的陡坡，已經開始熱絡了。綁著頭巾，背著寬口袋的婦人，便像飛翔的蜂兒，在綠色似海的波浪中沈浮梭巡。

她們低頭默默的採集著，偶而在埋頭前進的當兒，也會抬起頭來換換空氣，但紫竹筍的誘感是那麼的强烈，以至於背負的重量，使她們蹣跚難行時，她們才那麼不情願的喘口大氣，不甘的鑽出林外。

竹林外的空間是廣闊無極的，她們傾倒出一根根筷子似的竹筍，然後倚著山岩，眺望起來。在這斜坡上，下有深谷，上有高山，而遠遠下望，谷中的溪水，便像她們惦記著男人的思念，緩緩流瀉而去。

她們端莊靜肅的坐到山岩上，不時回首往高山望去，在那深林中，她們知道，男人們正吃力的伐著林木，然而望也僅只是望望罷了，除了咚咚伐木聲外，這山巒是多麼的肅穆，任她們如何思念，也不曾動得一分啊！

紫竹筍的季節快要過去了，蘆花開遍的山坡上，當一陣濡濕芬芳，稍帶辛辣的狗薑花香，隨著冷風傳來時，坐在牆角上晒著太陽的老人們，早就按捺不住期待的神情，瞇著眼睛，向起伏重疊的山頂，猛力聳動著鼻翼了。

「啊……唔唔……」

「嘿……咿……」

他們張大鼻孔，在風中狠狠動著。他們或而歎息或而陷入沈思，但無法忘懷的總是登山小道上，每條仄徑的急陡處—在那些地方，他們曾經費心的掘出一段段的泥階。

他們唉唉的嘆著氣，試圖在長著苔鮮的山岩，以及橫在山溝的枯木中，尋回一點年輕的往事。但生命是交替而殘酷的，當這些老祖父們，眼見他們的子孫登上山去，在山頂的香菇園中，吆喝著採集香菇時，他們便只有焦躁忿怒的望著近山的紫竹林，敲打著煙筒的灰燼了。

雖是如此，老人們依舊是滿足而深懷感激的。他們憑著奮勉刻苦的體力，日出而作，日落而息，貧苦的生活雖然擺脫不去，但日子是那麼的平靜，轉眼少年中年老年了，這一生中又有什麼值得怨懟的呢？

夜晚降臨了，小孫子們圍著老祖父，聽起故事來。昏黃的油燈，照在老祖父乾癟發縐的臉上，就像故事裡，被強盜擄去的老人一般，小子們靜靜地聽著，腦海裡儘是滿臉鬍鬚的強盜以及火燒房舍的獰笑，然而老祖父總不忘記告訴這些目瞪口呆的孩子們說，這些都是眞的故事，幾十年前，這山裡本來都是茶園作物的良地，土匪們跑到山上做起窩來，把人們都嚇跑了，才變成今天你們所看到的竹林啊！

可不是嗎？山上正有個地方叫「土匪尖」便是當年土匪的巢穴。而山坡上，四處可見的茶樹，更是老祖父所說的茶園了。

小孫子於是駭然的躺回床上，腦海裡哀嘆著自己生不逢時，可惜沒見到那些強盜們。想著想著，不知不覺，便睡去了。

老人唉地一聲也踱回房裡，然而他却又想起那一幕慘劇來了。那時的山村是富庶而安樂的。老祖宗們從唐山渡海而來，數百年慘澹的開墾，終於使這山坡，成了養活人口的土地，而熙熙攘攘，這山村儼然是個小城鎮了。但也就在這個時候，土匪成了致命的威脅。老祖父猶然記得，那是在他七歲的那一年，土匪眞的攻來了，房子燒了，人口被擄殺，一夜之間，山村盡成灰燼，而逃的逃，死的死，這山村再無法重建。茶園荒廢了，屋舍倒塌了，這窮苦的山村，便只依賴著野生的作物而保存下來。然而到底老祖父自己還是活過來了，而且活得好好的，他於是因此而笑了起來，土匪們早就不存在了，而這山村的人口也慢慢多了起來，那麼又還會有什麼東西能再損傷這個小山村呢？數十年來，這小山村，絲毫不因外面世界的變化而有所改變，也許，百年後，小山村也還會是一個樣子吧？老人左思右想的終於也在朦朧中睡去。

王志明來到秀水村，已經整整一個月了。在這山上，他初次體會了山居的生活。淸晨，露水還依附草葉時，他便輕巧的來到山崖，在那滿是苔鮮的岩上望著晨曦。夜晚降臨了，他會去到附近的人家聊天，聽聽山農野老們述往說來的吵啞低語。

而更多的時刻，他總端坐在派出所門前，望著山澤湖泊中的白鷺翺翔—那蒼綠叢中的白點，總使他浩嘆之餘，還勾起重重心事。

老實說，他是喜愛著田野的年輕人，雖然在都市求學的那些日子裡，車馬喧嚷中，倒也有另一種滋味，然而他始終不曾或忘的要到秀水村來。他的舅舅在這山村裡的派出所中擔任警察的工作，好幾次王志明總想上山一趟，但總因爲諸多的緣故，沒有能成行，如今一償宿願了。對他來說，倒是了了一番心事呢。

話雖如此，他却直覺的知道，與其說自己是來渡假，倒不如說是「避難」來的。退伍已近二年了，却仍舊找不到工作，倒不是自己苛求，怪都怪在自己是「青少年福利系」畢業的學生。在這社會，却也無法有個適當的工作。他曾經在四處碰壁的忿怒中，痛下決心，嘗試去做個推銷員，然而，那也只是枉然罷了，他清楚的知道這個社會，無他容身的地方，所以，今年秋天開始，他便投奔到這秀水村的舅舅家了。

舅舅住在派出所內，一家人倒還歡迎他，因他「大學畢業的」，甚至於村人們也另眼相看，然則，這也只是另一角度的使他更加羞慚而已。所以，望著白鷺的飛翔，竟變成唯一可以使他忘却諸般煩惱的事了。

他總一直想到自己的求學過程，那連年不斷的苦讀，終於使他擠進了大學的窄門。四年的大學生活，雖然不怎麼樣的可堪回憶，却也是無憂無慮的，甚至他也曾下過決心，爲民族的幼苗盡點心力，好好的爲社會盡反哺之恩，然則……。

想到這裡，他不禁苦笑，深爲自己的愚蠢而哀傷起來，倒不若當時去讀個外文系，現在也風光了。

思緒既是這樣的惱人，他索性不再理會了；乾脆做個山民吧，像這些村民們，不是安安穩穩的渡過了一生，又爲什麼要回到「塵世」去受苦呢？

何況，親友之間的眼光，他實在無法再忍受下去了，那一個人不是一見他便問：

「畢業了？喔……在那裡上班啊？」

每當這樣的問題迎面而來時，他總羞得無地自容，恨不得有個地洞，可以讓他一絲不苟的消失在人間，然而……

唉！不再想了，山上不是很美嗎？

他益發的體認到這裡是個世外桃源了，有自給自足的歡樂，有殷厚的人情溫馨，而且，來到這裡，他是眞正避開了噩夢似的惡運了。

中秋過了吧，在這山上，連節日也淡薄起來，倒是山野裡白鷺一天天多了，滿山滿野，儘是白點飄飄。

這一天，舅舅有事下山，讓王志明獨自照顧家裡，他端坐在辦公桌上，想著自己倒不若到警察學校去，再請調回來秀水村算了，也不枉費自己大學畢業，却這樣一無是處。想到這兒，因著自己的玄思而笑了起來。

門不知何時傳了一陣騷動聲，他詫異的驚醒過來，抬頭看時，却彷彿是一對母子在門外拉扯著。

——又是她們兩個，王志明縐起了眉頭，這一對母子在門外拉拉扯扯已經好多天了，舅舅說是鄰村的神經病，不必理會。然而，他們都倒是欲進不前的猥瑣呢。

「有什麼事嗎？」

王志明走了出來。

他們見王志明走到門口，便又退了開去，在遠處指指點點的。

王志明於是跟了上去。

「找誰嗎？」

那婦人頭上圍著碎布花巾，長長的紅花粗布裙彷彿在脚上搖曳，她的兒子理著小平頭，兩眼深陷，瘦削尖臉青白蒼然，像是大病初癒的病人。

「有什事嗎？」

只見那兒子推了婦人一下。

「沒……沒……」婦人囁囁嚅嚅的說。

王志明看這情形，扭了下頭正想離去，却見那兒子又推了婦人一把，婦人踉踉蹌蹌的來到了他的跟前。

她瞪大了雙眼，滿臉驚懼的說：

「是嗎，是嗎，你大學畢業的麼？他說他四科考了一百分，有一科還一百二十分，有嗎？眞的麼？有一百二十分的麼？」

王志明突如其來的倒退一步，抬眼向她兒子望去，小男生猥瑣無言的低著頭，耳邊皮肉生澀的白裡透著青，雙手扭結一起，顫巍巍的哆嗦著。

「有嗎？有一百二十分的嗎？那怎麼沒有考上大學呢？有嗎？他說可以查一查，有查的麼？」

婦人的言語猶在耳際澎湃著，王志明却仍呆呆的怔立無語。

末了，婦人携著兒子走了，王志明還來不及清醒過來，只見他們兩人仍是拉拉扯扯的，彷彿婦人把兒子拖了回去，王志明抬眼向蒼翠的山林望去，正午的陽光强烈的照在茫茫綠海之上，竟像焚燒了似的朦朧不清。

「有……有……」

他駭然的瞪大了雙眼，沒命的往山崖跑去，口裡仍狂呼著：「有…………。」

夜學者一日記

(一)

下課鈴剛響過，黃鑫便迫不及待的提起早經款整的背包，跨出了文星補習班的大門。

信陽街上此刻正湧滿了疲憊的人群，他們在上了一天的班後，是那樣昏忙的急欲趕回家去而匆匆擠擁前進。黃鑫短小的身子便在這群眼神空茫的人潮中穿梭橫越。

他以近乎緊張急促的步伐走著，在這五月的傍晚裡，殷切的臉上凝滿了點點汗珠。

天色漸暗了。遠處高樓的霓虹燈漸次的亮了起來，在曚曨煙氣中，那些耀眼的店招彷彿是在浮懸的雲層下閃動。那虛浮的燈火，彩麗的光暈，在天邊低處的明滅顫動中，就像是一種炫耀，一種自矜。每當黃鑫站在路口等待綠燈的當兒，他總如此的望著那遠不可及的燈火，而一明一滅無不隨在心中悵觸感懷。—是什麼樣的夜晚，什麼樣令人黯然的市墟呢？

他不時的撫弄腕錶，在急切的頻頻計時之中，終於來到了仁愛路。彷彿見到了安全島的林木便安了心似的，他甫走上寬廣的人行道後，卽在背包中抽出了一張工筆細字的紙張，而隨口喃喃背誦起來：

「龍噓氣成雲雲固弗靈于龍也然龍乘是氣茫洋窮乎玄間……」

「媽的，什麼狗屁文章。」

他突然啐地一聲衝口罵了出來，隨而把手上的紙條揉成一團，塞到口袋裡。但就在他沈默了半分鐘後，他又抽出了紙條，悻悻的唸了下去。

他個子很小，生就一副平凡無奇的臉孔，是衆多二十幾歲的人都有著的模樣。但也許正因爲這樣的尋常，在他端正的鼻樑上的眼睛中，卻有著一種深邃、不可捉摸的眼神，那眉宇之間所透出的神態，就像是一種憂鬱，一種滄桑，甚或是一種深沈的感傷，使人不免產生一種幻想；以爲面對的正是需要安慰勸撫的靈魂了。

天色黑盡了。他收起發縐捲曲的紙片，一手按在背包上，靜靜的走者。

「啊……」

他伸了伸腰桿，兩眼堅定的望向遠方。在他眼前，筆直的仁愛路在暮色中延伸無盡，而矇矓樹影，昏然街景，竟使他感到一層幽幽的心悸在心中散開。這條冷寂的路，將終止何方呢？

他陷入了冥想之中而忘卻了方才急燥的心緒，倘佯般的漫步玄思。

突然，他停步下來。前面十字路口的邊側，昏暗中有一老者正緩緩收著地攤上的鞋子。在他背後，一紙紅色的招牌，隱約的寫著一雙五十元的字語。

黃鑫佇足等待，不時低頭垂視脚上的鞋子，另方面又不耐煩的儘看手錶，終於他跺了跺脚回過身來，往回走了幾步，一閃而消失在巷子之中。

(二)

黃鑫拿著盤子，在自助餐店門口排著隊，在他前面已有一大堆人在焦燥中吵雜不停，黃鑫緊抿著嘴，一動不動地望著店裡迷漫沸騰的水氣。

這家自助餐店，應該是大學邊上最便宜的一家了，單看擁擠而不斷湧進的學生，便可想而知。然而黃鑫的看法卻頗不以爲然；青菜三元，飯五元。看似便宜，實則一碗飯、三個菜，便要十九元了，這十九元是多麼可怕的數字啊！所以黃鑫總忿忿的抱怨著，時時立誓下次絕不再來。然而終究這裡是最便宜的，他也只好一面嘀咕一面大口喝湯了。

此刻他已打好了飯菜，付了錢，好不容易才在波湧不息的人潮中，擠到廚房的門口邊找到了一個座位。

「黃鑫…」

正大口吞嚼時，一個女人的聲音在喚他。他抬起頭，看到同班的賴玉秋正坐在對面。

「哎！」

「你書背了沒？」

「背了，不過不熟，剛剛一面走一面背的。」

「這課不好背。」

「是啊！」

「老師今天不曉得會不會請假⋯⋯」

「嗯⋯⋯」

「⋯⋯」

「⋯⋯」

靜靜地隔了一會，黃鑫感到賴玉秋的眼睛正盯著自己的盤子。他稍稍不安起來，移動下椅子，說：

「⋯⋯最近胃口不好⋯⋯⋯」

「⋯⋯」

「沒有運動，不想吃太油膩的。」

「喔⋯⋯」

賴玉秋的頭低得好低。黃鑫注意到她的盤子裏有好大的一尾魚，而她正輕輕撥弄著碗裡的飯。

「…」

「哎…吃飽了。」賴玉秋站了起來。

「先走吧…」

「嗯…」

黃鑫打過招呼，便又伏下臉來吃飯，却看到賴玉秋的盤裏還有半尾魚留在那兒，白細的背肉，沾著淺淺的醬油膏，像是異常柔軟與鮮美，他撩著自己盤裡的青菜，低頭反覆的看著魚。突然，他清了下喉嚨，感覺到吵雜的人聲在一瞬間似乎死寂了下來，而窒息中只有自己的心跳咚咚的響著，像行將出征的戰鼓一聲聲令他興奮顫懼…咚…咚…咚…。突然，「拍！」的一聲，他猛然驚見收碗盤的歐巴桑，毫不惋惜的將賴玉秋用過的食具連同可憐的半尾魚掃進了木桶裡。

這突來的行動，使黃鑫大吃一驚，急急把飯扒完，一脚便跳出了店門。

教室裡同學們正靜靜的讀書，坐在前排的賴玉秋見黃鑫走了進來，衝著臉咧了下嘴巴，便又背誦起來。

對于中文系三年甲班的同學來說，星期三的夜晚是最難過的時間了。每週的這個時刻，同學們一個個總要被叫起來背書。當每個人顫顫兢兢地抱怨自己不十分熟記時，就如林朝雄所說的「七老八十了還背書眞笑死人！」，同學們對這種近乎虐待的功課，便只有互相望著對方，而深深苦笑了。

在這一班學生的想法中，雖然每個人都有心做好所有老師規定的功課，但白天的繁忙，總使每個人的努力打了折扣而難符要求。一般的功課已是如此，而今却又需花費額外的時間來背誦，便更難以勝任了。

而且，站起來背時，這些老大學生們，幾乎都有點近于羞怯的感覺——彷彿在失學多年之後，竟又回到了小學、中學的階段，而重新領略那些只能在記憶裡存在的苦澀，使得他們一則膽顫，一則驚懼而更加結巴起來。

在這一班裏，黃鑫可說是最不惹人注目的了。他個子矮小，偏又坐到後頭，既不善言語，又不喜與人交談，孤獨的程度，就像老鼠般的輕手躡足不欲人知。除此之外，他對於班上的任何活動從來不曾關切過，也從來沒有參與過，在他那不聞不問的眼神中，似乎凡事與他無關而獨自矜憐。

他是那樣索然無味地坐在那兒，除了與他同鄉的賴玉秋外，恐怕連班上的同學也不認得幾個。

雖然如此，同學們倒從不以爲他這種行爲有絲毫的不妥。在這晚上的學堂裡，當他們一拋俗事而莊重的坐在椅上時，幾乎每個人都有著一股超乎憐恤的關切在他們的心中蕩漾著。他們互相尊重，互相諒解，更互相鼓勵慰藉，像失水的池魚相濡以沫的惺惺相惜。

上課時間快到了，黃鑫吃力的背著書。他從三天前便開始背誦至今，而仍是結巴著，此刻，正生著氣呢。

「黃鑫……」坐在前面的林朝雄突然回過頭來，說道：

「我今天找到一家自助餐，好便宜。一碗飯三塊錢。」

「喔！」黃鑫雖然有興趣，但不希望他這時打擾自己。

「就在對面工地邊，不過遠了一點。」

「……」

黃鑫有點不耐煩，正想制止他時，全班同學好像都停下來聽林朝雄的話。

「我今天晚上才吃了十一塊，還有魚呢！」

同學們有的在竊竊私語了，黃鑫不再答腔，指了指書本，便低下頭來，但就在林朝雄轉回身子去時，黃鑫彷彿爲剛剛他所說的話觸動了什麼，竟滿腦子都是收盤碗的歐巴桑的形象了。

㈢

黃鑫回到租賃的小房間時，已是夜晚十點三刻了。他把背包扔到床上，換下衣服，拿著臉盆走到浴室，才發現水管又被老太婆鎖住了。只得忿忿地就著濕毛巾抹抹臉走了出來。

他住的小房間，是在二樓陽臺上的違章小棚子，雖然簡陋不堪，但一個月也花去了他六百塊錢的房租。

房東是個很苛的老女人，六十幾歲吧。一頭灰白疏亂的頭髮卷曲在細長風乾了的臉上。身材瘦小乾枯，一副老病的模樣，使人不得不懷疑她怎能活到現在而猶刁蠻如此？

她有三個子女，全在國外留學，而老伴早死，只剩她孤零零的守著老屋靠房租維生。

也許老人們生就有刻苦節儉的美德，她獨自睡在一樓的厨房邊，嚴格的管制起房客們的用水時限，而設置在走道及房間的燈管，更只能在入夜後，散發著幽冥的小火。這種令人近乎髮指的苛刻，黃鑫該是受害最深的人了。他稍晚回來，水管的水源便已然切掉，而潮濕滑溜、漾著幽暗小燈光的樓梯，不知使他摔傷多少回。這種災禍他自難容忍，但嘴巴縱是說爛了，老女人仍是我行我素的使黃鑫一籌莫展。偏偏這六百元的房租又是最便宜的了，所以他只好忍氣吞聲，暗暗地咒罵。

黃鑫從浴室出來，扭開了屋裡唯一的十瓦日光燈。

他靜靜地躺在床鋪，慘白的燈光無力的散射在柏油板上，在縫隙間映出了一道道深而黑的陰影。他緩緩別過了頭，望著白茫茫像抹上一層冷霜的牆板，微微嘆息起來。五月初夏的夜啊！爲什麼竟讓人感受陣陣的冷意壓迫在他單薄的身上呢？

躺了十分鐘吧，他突然一躍而起，廻身坐到小書桌前，雙肘撑著頭，搔了搔頭髮，終於攤開信紙，一面思索一面寫了起來：

「阿枝：看信後知道妳考了第一名，哥哥很高興，希望妳繼續用功，不要讓媽媽與我失望。

妳的信說，媽媽又到坤山伯那裡去做小工了，這怎麼可以呢？雖然賺的錢是多了一點，可是挑沙扛磚，媽媽的身體怎麼受得了！那是年輕人賣力氣的工作啊！老人家怎麼也跑了去呀？萬一把身體累壞，那可怎麼辦？

阿爸臨死時交待我無論如何要照顧媽媽的，我不但沒有負起妳們的生活，反而還要媽媽出去做工，叫我怎麼對得起爸爸啊？

哥哥雖然暫時沒有能力負擔家計，可是我已經三年級了，再過兩年便可畢業，到時候說什麼也不讓媽媽再操勞了，而妳現在一定要勸媽媽不要過份勞累，知道嗎？

還有，我上班的公司，最近多做了幾筆生意，老板說要給我加薪水，那時便能領到五千元，我就可以多寄點錢回家了，所以先將這好消息告訴妳們，讓媽媽也高興高興，不過妳一定要勸媽媽別再去做粗工了，知道嗎？別讓媽媽再去做苦力的工啊……。」

黃鑫一口氣寫到這裡，却忽然停住了筆。他緩緩地站了起來，走到陽臺邊上，扶著矮牆竟茫然失神了。

初夏的夜空，疏星點點地幽明閃滅，而午夜微冷的風輕輕拂過寂沈的空間，勾出了闃靜黝黑的城市夜晚。他望著參差的房舍，有些是矗起的高樓，像吶喊般的聳入黑暗。而更多的是一些低矮的民房，在黑夜的壓擠下，像將被埋入土中般的在低沈吟泣。——這是多麼奇妙的城市啊！

高矮弱壯之間只有徐徐冷風輕拂著，沒有嘆息沒有荏弱悲語，而充塞的是否只有無情的冷蔑而已呢？

黃鑫望著這一切，心裡一陣冷顫。他抖索著，環手抱緊了胸部。幽幽的夜啊，爲什麼總使他懷念遠在鄉村的寡母及幼妹呢？

她們此刻是否在低矮的農舍中相擁而眠？抑或是正互讓著被褥而相依互煦呢？黃鑫喃喃低語著，悵望天邊，無限的感觸又泛起心中。

記不清多久不曾回來了。憶不起生長于斯的農居了。而父親墳前的青草是否又蔓長了呢？那土壤間的芳香，混濁的田水，及那沾滿全身也感到快意的田土，在記憶裡竟未曾消去嗎？而自己離開了那樣的地方，捨棄了人子的職責，究竟換得了什麼呢？却讓老母挑沙搬土做起苦力來了，這就是自己努力擠進了大學窄門的結果嗎？

他清楚的知道，在信上所寫的誑語，只有使自己更加難堪罷了。可是，不這樣子做，又怎能使母親安心呢？在補習班工作，一個月不過三千五百元，却仍然省吃節用的按月寄一千五百元回去，這種情形，若讓媽媽知道，她該會怎樣的難過呢？而且，今天又稱說加了薪水，下月起開始得寄二千元回去，那麼……。

他不願計算下去了。一切只怪自己不爭氣啊！又能怪誰呢？並且，再苦也只不過兩年了。兩年，兩年後的此刻便畢業了，那麼苦一點又何妨呢？畢業啊……。

「畢業……」黃鑫正喃喃地唸著這兩個字時，突然觸動了什麼而驚懼起來。「畢業」，畢業，期待著的畢業是什麼呢？一切的希望，一切的幻夢都建築在它上面，但那會是怎樣的東西呢？

夜間部中文系的畢業生又能做什麼？「教書？」不會吧！當初毅然放棄穩實的工作及奉養母親的義務而來追求的是什麼呢？那時的心境又是什麼樣的希望在作祟呢？雖然這樣的作爲有人讚賞，以爲這是肯吃苦，好學的榜樣，然而單憑這樣的讚語便抵得母親在烈日下擔負沙石，爲殘年而賣命麼？

他昏眩了。不只一次，他曾經夢幻着自己功成名就，從大學、留學、最高學位而耀祖光宗，爲母親爲自己而得到最高的榮譽，一如房東太太的子女們一般，那不是曾使老太太一想起她們時，便手舞足蹈的嗎？而他甚至冀想能在國外成家立業，然後接母親同住，那……欣喜，快慰……。

然而這些便就是使得枉顧老母受苦的理由嗎？

黃鑫動搖了，雖然這種反省時常在他獨處時盪起，可是今天他實在不能想像母親被挑擔所壓負的身形了，是不是該有所決定了呢？

夜色益深沈而冷了。凌晨了吧？那封信還沒寫完。於是他嘆了一口長氣，走回小屋，復又堅起心思，提筆寫了下去。

（四）

黃鑫走進工地邊的自助餐店後，才發覺這裡的食客幾乎全是工地作工的工人。雖然在這人群中也有不少的學生，但一向看慣了學生擁擠的場面竟對老老少少的工人們感到一種奇怪的心緒。

他叫了二碗飯、三個青菜，結果才十二塊錢，他心裏終於釋然。一餐便省了七塊錢，那麼多花五毛錢坐公車也是值得的了。他算計著並沾沾自喜。

正吃著，他注意到工人愈來愈多，濁重的汗味也逐漸的充塞整個空間。他清清喉嚨，加快的吃著。對面的一張桌上，不知何時來了一個女工，靜靜地吃著飯，黃鑫看到她的菜盤上只有幾片青菜，而飯碗裡猶然白飯滿溢，不禁暗自多看了幾眼，一份同情油然昇起。

那女人四十五六了吧。低垂著頭，侷促的只佔著桌子的一角。襤褸的衣衫上滿是灰泥，而一雙膠鞋，鬆跨無力的黏附在青筋暴起的脚上。最使人難過的是在她滿是汗珠灰塵的臉頰，正起伏鼓動猛力的呑食著飯。黃鑫看著看著，心想，那是多麼令人心酸的勞苦大衆啊！正唏噓時，突然，他楞住了，怔怔的呆坐在那兒，而腦中轟然倒轉，天像崩裂般的向他頭上傾注而來。

他緊緊盯著那女工，熱淚在他眼中湧起，淌下，終至難抑啜泣。於是他把餐具推向一邊，起身站了起來，在衆人驚異的眼光中，大步地跨了出去。

（五）

黃鑫把行李收拾妥當，換上制服走到浴室的鏡前端詳了片刻。而當他走到學校時，第三堂課已經開始了。他在教室外站了一會兒，心裡突然一陣激動，便悄悄地走開，無目的地在校園中漫步。

操場上水銀燈高照著，上體育課的同學散佈在各個角落，似虛似實的人影竟似幽靈般地飄浮而起。他坐到草地上，抱著膝蓋，前幾天背的書于焉在腦中浮現：

「龍噓氣成雲雲固弗靈於龍也然龍乘是氣……」他輕輕背著，突然覺得這文章眞好，難怪老師說一定要熟記。而今果然在熟記後，便領略其中的好處了。

「可是，」他突然停了下來，並隨之站起。「還背他什麼呢？」他拍拍屁股。走到操場中央，見自己的身影在燈光照射下，修長地在草地上映著，有種說不出的清冷與惆悵。他靜靜地想著，自己冒然的決定不知是否正確？但除此之外又有什麼辦法呢？

他望著遠處高樓的燈火，眼睛逐漸模糊。那女工的模樣，媽媽瘦削含憂的臉，竟交替在眼前，而音樂系學生悠然的和聲，更混合著同學們的臉孔在腦海裏迸現。是對的嗎？錯了嗎？誰來解答呢？而他竟懷念起被老師叫起來背書的情景了。彷彿自己正站立在那兒。

同學們低聲提示著的聲音一一在耳際湧起。而……一會兒便要去告別了嗎？怎麼說呢？

他心裡黯黯然獨自悲傷著。突然念頭一轉，想起了那房東太太的淒苦身影。這個月的房租便多給她吧！不必去退了。也就在同時，他心裡閃過一抹疑問，她要那麼多的錢做什麼呢？子女們不是全在國外嗎？他們既然都已成家立業了，也許還常寄錢給她老人家用呢！那她又何需如此刻苦呢？

黃鑫怨恨自己爲什麼從來不曾想過這問題，但那老女人平日鬱鬱寡歡的愁苦樣子，却突然間在他腦中尋得答案了，莫非……。

黃鑫不敢再想下去，只覺得一絲欲望在心裏漾開，他復又走了幾步，站在燈光底下，雙手伸入口袋裡，只見自己映在草地的人影，格外的高大，像是一尊雄偉的巨神在草地仰睡著，他不禁懷疑，那麼大的身形會是自己嗎？他往右橫跨了一步，人影也隨著幌動了一下又歸于靜止。他突然想到什麼似的，向前走了一步，看影子也動了一步。他伸出右手舉到頭頂上，那影子便更加修長了。於是他重覆著動作，左右移動，正耽於其中時，草上的人影驀地多了一條。他翻過頭來，原是賴玉秋。

「怎沒上課？」黃鑫問。

「…………」

「發生什麼事嗎？」

「沒有……」

「最後一堂上不上?」

「不了……」賴玉秋搖搖頭問:「你爲什麼也沒去上課?」

「我想告訴妳一件事……」黃鑫欲言又止。

「我媽今天來找我……」賴玉秋說。

「喔……」

「剛好我在搬東西……」

「……」

「我上班很輕鬆的……可是今天…剛好……」賴玉秋頓了頓。黃鑫看到她眼圈紅著。

「……剛好我媽看到……」

「……」

「她回去不知會多麼傷心……」

「……」黃鑫傻了。

「我平常都不必搬那些東西的……」

黃鑫突然靠過去,扳起了賴玉秋低著的頭說:

「沒關係,老人家就是這樣子,寫封信……」

「可是……她還是會擔心……」

「她走了？」

「嗯……」

「妳媽好疼妳？」

「……我怕她會很傷心……」

「……」

「我想打電話回去，說我不上班了……」

「對！先讓她放心。」

「……可是我又想上班……」

「唉！不要上班了，專心讀書吧，而且騙妳媽媽也不好！」

「我只是想讓她放心，那……」

「那也不好，妳要騙到什麼時候？」

「……」

「既然讀了，就專心讀下去；再說只剩兩年了。」

「嗯……只剩兩年了。」

「妳很孝順妳媽？……」

「她好疼我……」

「……」

「我覺得你很能吃苦。」賴玉秋突然說。

「沒什麼……」

「班上的同學都說，你一定會有出息……」

「……」

「你還寄錢回去？」

「嗯……」

「其實我覺得……」

「嗯？……」

「你媽一定希望你不要上班，希望你好好讀書，一切等畢了業再說……」

「嗯……可是我家裡環境不好……」

「還好祇剩兩年了。」

「對，兩年……」

「到時候你媽一定很高興。」

「對……」

正說著，鐘聲在遠處響起，賴玉秋突然說：

「你剛剛要告訴我什麼？」

「沒…沒有…走…我們上課去吧！」黃鑫咬著牙說。

賴玉秋點了點頭，掠了掠頭髮，兩人一起向教室走去。

突然，黃鑫像突然想到了什麼似的，他回過頭來，往操場望去，草地上平坦得像一片地毯，而白色的燈光映在上面，有一種說不出來的冷清，他不知道，這一去教室，對于他及母親、妹妹會有怎樣的影響，但方才他勸賴玉秋的話語，却使他深深的憬悟一件事情，那就是或許母親對自己的期待，正是建立在自己「忍辱負重」的條件之上，那麼自己又何妨去接受痛煞心神的自責呢？明天，明天我要去買一双新鞋穿，就在那仁愛路地攤上，換了五十元的新鞋後，再來上課。

他想著想著，不禁低頭再望了眼脚上的破鞋，然後大步的往教室走去。

陰溝

(一)

「陰溝」其實是個池塘，四面爲竹樹環環圍住，在一大片的看天田中，顯得悄愴而幽邃。它有廣大的水面，低矮的堤岸，水面上佈滿了水草及枯死的樹枝。

池的一端，略爲狹窄的一角，幾個圳口延伸了池水灌溉到附近的數十甲水田，一條條細長的溝渠，彎曲迂旋的遍布方圓數里的土地上。

池塘四周的堤岸上，爲了使堤土不致流散，曾經種滿了相思樹，年湮代久了，這池子却全圍在樹林中而看不見了。每當入夜後，山風吹動樹梢時，那黑油油反射着水光的長條水面，竟給人一種陰森恐怖的感覺。而陰溝的名字想便由此而來。

雖是如此，住在這裡的居民，却從來不曾探究過池塘的名稱。百年來，自從闢荒墾殖的祖先們挖掘了這個池塘後，陰溝這個名稱便沿用不廢了。

也正因爲陰溝是先民用來耕作的，圍住在這田畝四周的百姓，對這口池塘都有着非常的、特殊而難言的感情。他們依着陰溝生存，受到了它的灌溉，受到了它的滋潤，而生死遞換，也無一不在陰溝的蔭護下交替着。

孩子出生了，成長，終又老去，一代代的人綿延不絕的傳續下來。他們幼小時，在水邊嬉玩，在堤岸上放牛，病老了，他們躺在床上，念念不忘的仍是陰溝裡的水及水濱地的回憶。陰溝對他們是那樣的有着生命的意義，就像是他們的大家長一般，他們因它而存在着，因它而活着，甚且在那些死者的腦海裡，大概陰溝便是他們與祖先的團聚地呢？

對於活在這周圍的農民來說，陰溝曾經是這樣的不可或離，然則今天陰溝實際的情形怎樣了呢？

它老邁了，失去了生命了，十數年來的幾次洪水及乾旱，毀滅了它，堤岸被沖散，水變得淺了，溝渠堵塞，原先種在四周的樹木，也因池面的擴張而使得根腐了、爛了，終至乾枯而倒落水中。一眼望去，僅只一棵枯死的大樹，猶然未倒的聳在岸邊，乾枯的枝幹上伸着，彷彿一個蒼老將死的巨人跪拜在地上，高擧着雙手向天呼號。

陰溝是這樣的老去了。然而依着它而活着的人們又如何了呢？

看！在這夕陽漸沉的暮色裡那蒼茫漠漠的田野，多像倦累的征夫靜靜地臥在沙場中，充塞他心頭的是那麽强烈對於過去的眷念——那深植土地的果實，淙淙細流的田水，以及歷經風霜圍繞在它四周的生命，他們的生活，他們與土壤田水的混和，以及他們在田里間所遭受的一切，是否使得陰溝亦爲之嗚咽，而泣訴在隨風翻捲的草浪之中呢？

（二）

傍晚，太陽在防風竹的隙縫中緩緩下沈，渾圓的實體透着暗暗的紅，把暮春的田野抹上了一層寧謐柔和的色彩。

遠遠陰溝的堤岸上，茵茸的草地間，一棵老樹背着餘輝，斜斜的聳立在水濱。在光影粼粼的水波前，老樹脫盡了皮的乾枯枝椏，在扭曲多節的斑剝體幹上，迎着殷紅的陽光，顯得更蒼白無言的伸向蒼天。

阿雄嘴裡咬着一葉青草，正悠閒地靠在樹旁，肌肉雖然還沒有十分發達，但看起來已經相當强壯的身上，血紅的陽光映照着，透着光，似鑲着金邊的身形下，一條長影延伸在草地上消失於水田中。

他正注視着老牛。

老牛很老很老了，暗灰的皮毛上，粗糙的縐紋扭成一堆疙瘩，隨着呼吸上下扯動。牠時而揮動尾巴，時而呼呼有聲的在草地上往回逡移着，滿打着縐紋的厚皮，總使人覺得皮與肉已然分開，僅只鬆跨的掛在瘦削的骨架上。

牠背峯高隆，頸子特長，頭上的雙角殘缺不全，而長形不勻稱的身軀，更明顯的表示出牠是一隻典型的耕牛，只是太老了些吧。尤其牠光滑低平的後頸，更使人想到牠低伸着頭在泥地裡掙扎前進的漫長歲月，是怎樣的改變了牠的體型了。

此刻牠正低着頭在草地上嚼着，在這三月的草地上，這種悠閑的時刻，是怎樣的使牠滿足呢？牠偶爾抬起頭來望望阿雄，見阿雄仍站着，便又擺動着尾巴，仍然埋下頭來，欣喜做作的啃動，而那頸間的鬣毛在夕陽的照耀下，一根根染成了棕紅。

阿雄正望着老牛，突然感到一陣冷意，黧黑的臉孔泛起了一陣焦急，「該回去了吧！」他想到祖父一個人躺在床上，說不定正等着自己回去呢！

天邊掠過幾隻鷺鷥，杳然的飛往山中。天色漸暗了，紅暈的餘暉在山邊逐漸消失，黑幕在地平線湧了起來。阿雄「荷」的一聲扛起了鋤頭，大步的走到老牛身邊，拾起了地上的繮繩，輕聲的說：

「回去吧！」

老牛溫馴的抬起頭，抖擻着，跟在阿雄背後，蒼茫暮色中，一大一小的身形逐漸消失在田埂中。

(三)

深夜，初春凜烈的寒風在屋頂上吹着，屋瓦間木板的迸裂聲不時從黑黝黝的空間傳了下來。豆油燈昏黃的光暈下，隱約的映照出阿雄輾轉反側的身形。

他側着頭，趴在床上，兩眼瞪着床板。野外蒼茫的嘯聲偶爾從陰溝的乾枯大樹上，劃過寂寥的黑夜來到時，他便隱隱感到無名欲泣的衝動在心裡哀鳴着。

那風聲是那樣壓迫了阿雄的心。

他靜靜地躺在床上，隔房祖父的呻吟不時傳了過來，他翻身輾側，傾耳細聽，復又坐起。悄悄地走到門口站了一會兒，輕而急切的喚了一聲：

「阿公…」空氣冷寂着。

隔壁牛舍的老牛發着微微的鼾聲，似乎緊靠着土牆在搔磨着軀體，牆壁微微顫動。

他坐回床頭，雙手支着床板，嘆了口氣。凝視着懸在床下的雙脚，那趾尖是那樣的乾硬而泛黃，正凛凛的感受着從泥土昇起的冷意。他輕搖着雙脚，陷入了沈思。

是前天的事。他與祖父在田裡作活，祖父趴在水田裡除草。阿雄把着犂，一行一行的翻動着茶畦間的泥土，初春的太陽溫熱的照在臉上，使得春耕的喜悅是那樣盪漾在阿雄的臉上。

中午，太陽升上天頂了。該是收工的時間了。突然，一聲悶哼，爬在田裡的祖父，竟一頭伏在田裡，一手在空中，旋又放下。身子痙攣着。

阿雄一驚，衝到田裡抱起了祖父，祖父混身泥水，沾滿汚泥的臉上扭曲悸動着。鼓起的胸脯正急急的起伏不停。

阿雄惶惶然不知所措，口裡不住喊叫：「阿公⋯阿公⋯⋯」然而祖父昏厥了，任他怎麼急切搖撼，仍是不省人事。阿雄心裡一凉，號啕大哭起來。

老牛怔怔地站在茶畦間，頸上掛着軛，迫切的望着阿雄，嘴裡嗚嗚的低叫着。

阿雄抱着祖父，來到防風竹下，祖父的眼睛睜開，嘴巴嚅動着，示意阿雄放他下來。阿雄見祖父回復知覺，一顆心總算放鬆，坐了下來，並將祖父輕輕地放在腿上。

祖父沙啞的說：

「沒關係，只是肚子抽筋，休息一會便好了。」

阿雄兩眼含着淚水，不知怎辦，但他淸楚，祖父的病很嚴重了。幸好家裡還有點穀子，下午就得趕快請醫生了。

可是一拖便三天了，穀子是賣了，連明年的種穀也換了錢，而祖父仍在床上躺着。醫生說祖父的病是胃出血，需要住院才可能治好。最起碼也要休息一段日子才行。可是⋯⋯。哪裡有錢呢？耕的三分地，別說有餘糧可存，連一家兩口能吃飽飯，已是千辛萬苦的呢！

阿雄又站了起來，走到門口，祖父似睡得安穩了些。昏暗的光線，把祖父蒼黃凄苦了無生氣的面容微微地照出來。阿雄突然感到一抹驚悸，輕步走到祖父床前，膽怯的在祖父緊鎖的眉間搜索着。他伸出手，在祖父鼻子處放了一會兒，直到感覺呼吸的熱氣幽幽的傳到手上，才放下心來。

祖父突然翻了個身，阿雄急忙把手抽回，但仍是碰觸了祖父的臉，祖父的眼睛徐徐張開，嘴裡說：

「阿雄……你怎麼站在這裡？幾點鐘了，怎還沒睡？」

阿雄隨口應了聲。緊握住祖父的手。

「我沒有關係的，阿公躺幾天就會好的，不要擔心。」

祖父輕輕回握了幾下阿雄的手，很滿足很欣慰的樣子。但突然又咳了起來。

阿雄急用手輕撫着祖父的胸口，並說：

「明天還要請醫生來才行呢。醫生說要小心一點才好。」

祖父緊縐著眉頭。過了一會才忍住了咳說：

「沒有關係啦！不必再看醫生了，阿公身體那麼好，咳一下不要緊的……」

然而他話還沒說完，又咯咯的咳了起來。祖父用手揩了揩嘴，一團暗紅的血塊，在那乾硬慘白的手掌上黏著，緊緊梗住了阿雄的心，阿雄强忍著淚水，哽咽着在床前跪下去。

「傻孩子，……」祖父喃喃的自語著。呼吸漸漸暢順，竟又睡著了。

阿雄跪在床頭伏在祖父的床邊不知過了許久，才霍然醒來，見祖父又沒動靜，正要伸手去探祖父的鼻息，祖父胸口起伏了一下，他又放下心。

他趴在那兒，祈禱著，深切的盼著，當他偷偷的用手去觸摸祖父鼻息時，他總駭怕會摸觸到祖父冰冷僵硬的身軀。

然而，他深深了解，總有一天，那個時刻一定會到來的。只是，那個時刻不會是現在，而是將來，將來，遙遠的時日才會發生那樣的事。而此刻，祖父應該會很快好轉起來，健康有力的和自己一起下田耕作，一如過去的那許多許多的日子。

「可是？……」阿雄幾乎氣餒了，沒有錢看醫生，怎麼會好呢？這個才是重要的事啊！

（四）

自從牛販子姜國朝在村子裡開了一家牛家莊飯店後，姜國朝好像成了另一個人。嶄新的西裝，雪亮的皮鞋，一根煙斗御在嘴上，簡直就是一個富翁了。只是那點點麻子，銅錢般的的長在臉上，使他怎麼看也不像個體面的人。而半吊著的眼臉，更使他看起來猥瑣不堪。雖然在這之前的十年間，他從撿破爛，做到屠夫，麵攤老板，而日益發達成了飯店老板。但在整個村子裡，他始終只是個無賴混混罷了。因爲，縱然他如今擁有個飯店了，但以前的種種行徑，總難讓村人看得起他，尤其在鄉下人眼裡，這種買牛來宰殺的牛販子，是極無良心的人之一。「靠那種行爲發達起來的人，不知做了多少虧心事唷？」幾乎每個人都是如此的私下批評談論他的。

然而，他從不在乎這些，打從他裝病退伍到今，他從不認爲自己有任何的劣行。對於他來說，每樣他所做過的事，他都認爲是正當，而且需要的，——「好好的活下去」，這是他始終掛在嘴邊的話，而他甚至以爲自己有這麼一句話是很偉大的。那麼其他的一切都已不再重要只是達到這個目的的手段罷了。就算他犯下了傷天害理的事後，他也卽刻這樣安慰自己，隨卽整個人便因此而釋然，甚至自得起來了。

雖是如此，却也有一樣事曾經使他不安，那是幾年前的事了。當他初到村子來時，因爲剛脫下穿了數十年的戎裝，一下子感覺自己眞是自己了，以致有點昏熱于自由而爲所欲爲，另一方面，生活成了最大的威脅，使得他在一個風雨的晚上，當他與曾經依託多年的老長官喝酒時，一杯杯的高粱酒竟使風燭殘年的老人中風倒地。老長官滿臉驚愕，啞言無助的在地上掙扎。他隨卽過去搶救，但就在他俯身抱起了老人的一瞬間，突然腦中寒光一閃，猶豫了一會，拿起酒瓶，撬開老長官的嘴巴，咕嚕咕嚕地把酒灌了下去。頓時老長官昏了過去，而且拖不到三天便死了。

他當然哭得很傷心，也爲喪事而奔忙，這麼一來，他不但贏得了寡婦的人，而且順帶連房子、孩子一併接收了。

而今他是成功了，有房子、有妻子，而且還開了家飯店。雖然有時難免會想到老長官倒在地上的注視著自己的眼神，可是，過了這麼許久了，還想他做什麼呢？

當然，他也是有點遺憾的，那太太幾年來，只幫他生了個女兒。對他來說這是件多麼大的憾事啊！「總要有個小子才好」，那麼這份產業就可有自己的血肉繼承下去了。他往往酣然醉飽，便不免自怨自嘆著。但也許老天有眼，像他這樣的鼠輩，上天無論如何不會再讓他香火傳續了。不錯，「絕代」，對他來說是多麼的令人茫然啊！

正因著這樣的緣故，當他見到阿雄一家人時，他總含怨的啐了一聲。

「媽的！這老頭竟會有個這樣的後代呢！」

而尤其當阿雄的祖父堅持不賣老牛時，他更生氣了：

「這麼老的牛，養著還有什麼用？倒不如賣給我，物盡其用呢！並且你還可以得一筆錢。」

阿雄的祖父雖沒聽到這話，但他看到姜國朝時，便厭惡至極的明白了他的來意，所以也從來不跟他打交道。見姜國朝又走來，便喊阿雄：

「阿雄！走！沒良心的傢伙又來了。」

姜國朝只好眼睜睜的看一老一少，及跟在後面的老牛消失在田埂中。

「媽的！我就不信。」姜國朝的慾望已經不是生意的需要了。他眞不甘心見老頭子有個孫子而傳續香火，而反觀自己，雖然有著一切，却猶不及老頭的破落中帶有一絲希望。

「他媽的！」他總憤憤的罵著，心裡想，無論如何，非把那牛宰了才能吐一口氣。

可是，牛是別人的，任你罵，又能怎樣呢？他益發的怨嘆了。

（五）

阿雄放下鋤頭，在陰溝邊洗乾淨了手脚，便牽著老牛回家。幾天來，他消瘦了許多，原本飽滿紅潤的臉龐竟已印上了一抹憔悴。在以往，他赤著脚，光著圓滾滾的頭時，已近粗壯的身子，總使人感覺到有一股新生的力量。而今這活力消失了，代之而起的是莫名的感傷及焦慮。

他跟著牛，在田邊走著，老牛瘦削的身形在後臂部尖起了一塊骨椎，每當牠行走時，那方形骨椎的稜角便一起一落。阿雄益發覺得老牛眞是老了，也許連乾草都不能再嚼了呢？他趕上一步，與牛並行著，老牛回頭碰了他一下，低頭呼呼的吹了幾口氣，阿雄看著牠的頸子，心裡昇起一絲難過。

這個家，幸好有牠呢！打從能爬上牛背時，這個家便由牠撐了下來。而一幌自己十五六歲了，這頭老牛還依然幫著生計，也未免太虧待牠了，大概幾十方里的土地上，這麼老的牛還耕作，可能是絕無僅有的了。

不過，不如此又怎麼辦呢？祖父老了，牛也老了，三分地仍是三分地，却是愈來愈難生活了。祖父不是一天到晚說著日子愈來愈難過了嗎？也就難怪耕田的人愈來愈少了。

他想到這裡，望著一大片翠綠的稻田，不禁昇起了一份莫名的哀傷，耕田，耕田，這田還能耕嗎？雖然收獲的喜悅對自己來說倒是極樂意去體會的，只是，生活未免太使人難堪了，連比去工廠打零工的阿土、阿順他們都不如呢？幾次跟祖父提起過這件事，但祖父總不以爲然的說：

「耕吧！餓死了也要把田耕下去，我就不信耕田會落到這種地步。」

但祖父最關心的倒不是這些，他總認爲耕田是一種責任，是一種天命，就像人生下來要吃飯般的自然。當然祖父耕了一輩子田，是從來不曾有過什麼怨言的，但當陰溝的水淺了，牛隻一頭頭消失在田間而爲耕耘機取代時，他總憤憤的說：「就是那種東西害死了牛。」

可不是嗎？村子裏的牛幾乎全給姜國朝宰光了，一頭頭吃進了人們的肚子裏。

祖父不止一次的這樣說，但是在這種時代裡，誰又能挽回牛的命運呢？

「作孽啊！」

祖父常告訴阿雄，這條老牛，說什麼也不可以送去宰了吃，就算老死了，埋在土裏才算對得起牠！

「跟了我一輩子，別的不說，最起碼也要讓牠老死了，然後葬在土裏。」

想到這裏，那屠場的一幕又浮現在眼前；去年吧，隔壁阿土家的老牛就賣給了姜國朝，那天清晨他偷偷的與阿土跑到屠宰場，想看老牛最後一眼，却不料看到了宰牛的一幕。姜國朝站在一邊指揮著兩個工人，把牛綁在木架上，死死的固定在那兒，然後其中一個人拿起了尺把長的鑿子往牛頭敲進去。牛綁在那兒動彈不得，只哀慘的長鳴一聲，便再無聲息，而血從眉間迸射出來，噴滿空中，阿土哽咽的哭起，連脚步都站不穩了。

那以後，阿雄常三更半夜夢起那一幕慘劇，而有時凌晨，甚至還淸楚的聽到宰牛場傳來的淒厲哀鳴。那臨死的慘叫，無助的鳴聲，像一根針紮進了阿雄的耳朵裏。尤其當深冬更盡，一聲聲長鳴從夜空裡傳來時，呼嘯的風聲混和著牛的哀吁，簡直使人聞而顫泣，再也無法忍受下去了。

此刻阿雄正厭惡著回憶那景象時，突然，他看到兩個人從他家門口急急的跑了出來。一個是姜國朝，阿雄眼睛一亮，急放下牛繩，跑了過去。

一進門，他楞了一下，祖父正坐在床頭，手搗著著胸口急急的喘著氣。

「那畜生，竟然要買我的牛呢！說什麼因爲我生病可以給我二倍的錢。眞是畜生，姓姜的吃這種飯還沒話說，可是那個叫謝什麼的村長，竟也一起來，哦！他家的牛賣了，也想把我的牛弄掉！眞是沒廉恥的猪狗。」

祖父氣急了，連連的喘息著。

阿雄忙扶起祖父靠在床頭，輕撫著祖父的胸口。祖父接著又說：

「阿雄，就算我病死了，也不可以賣牛……知道嗎？沒良心，太沒良心了……。」

阿雄嘴裏應著，心裡却顫動著，想到苦處，一陣激動，抱著祖父哭了起來。

這一晚好長好長。

（六）

拖了一個禮拜，祖父的病益發的重了，衰弱乾癟的身子一動不動的躺在床上，日益消瘦的阿雄祇好終日守在床邊。

阿雄的心很煩亂，他心裏清楚除了住院外別無他法了。他找過醫生，找過任何一個可以借貸的鄰人，可是誰又有餘力幫忙呢？

可是，難道就要眼睜睜的看著祖父死去嗎？

除非……。除非把牛賣了。姜國朝說過要給兩倍價錢的……。

不！不行。那粗長的鑿子，那迸出的血箭，和慘烈的哀鳴聲，一起向他襲來。而老牛瘦長的身影亦在眼前浮現。

他猛的一搖頭。深恨自己竟有這樣的想法。太可恥了，不是嗎？老牛耕作了一輩子呢！竟落得這樣的下場？

然而，祖父怎麼辦呢？

阿雄胸肺絞痛，心亂得再不能思想了。他倏地起身，衝至門口，呀的一聲推開了門。天色快暗了，紅光佈滿了原野，幾隻小鳥掠過天空，殘紅的太陽佇留在山邊，多麼美的一幅畫啊！阿雄突然感到一陣凄冷。遠遠陰溝邊的枯樹在這紅光裏，看起來更要白，更要高些了。

禾埕前，老牛站在樹下，正抬眼望著阿雄，背上映著太陽餘暉，好似染了一身的紅。

阿雄正要過去，背後傳來祖父瘖弱的喚聲：

「……阿雄……」祖父彷彿要坐起來。

阿雄過去，扶著祖父坐在床頭。

「阿雄……阿公可能不行了……我有話要告訴你……」

阿雄一激動，淚水決堤似的滾落。

「阿雄……阿公對不起你，沒有讓你讀書，又讓你跟著我吃苦這麼多年……」

「阿公……」阿雄泣不成聲，只緊伏在祖父身上。

「阿公去了後，你不要再耕田了，把田賣掉，去工廠作工好了，耕田吃不飽的了……」

「老牛一定不要賣掉，那是不可以的，知道嗎？要不然……我……。」

祖父停了一會又說：

「阿公如果死了，你還是要想辦法照顧牠……將來把牠埋在我身邊……知不知道，阿雄，知不知道？」

阿雄突然放聲大哭，嘴裏直嚷著不。

「還有……一直都想告訴你的……你不是阿公的親生孫子，是我在陰溝邊上撿到的。」祖父接著說。

阿雄傻住了。

「知不知道？阿雄，你是孤兒，一個被拋棄的孩子。」

祖父沙啞無力的聲音在哽咽的斷續中顫抖著。頓了頓又說：

「就在陰溝，那棵樹下，用籃子裝著，我就把你抱了回來……。」

祖父的聲音提高了一些。

「不知那來那樣狠心的人。不過沒關係，你不要恨他們，最好找到他們，一家人團聚……」

阿雄呆坐著，沒有注意到祖父的聲音愈來愈低終至消失。他昏亂了，彷彿置身在一片茫無際涯的波潮裏，祖父的言語使他懸空擺盪著，沈浮著。而陰溝的細波及枯樹更在他腦中縈迴。竟然是被祖父撿來的，而祖父那樣的與他相依為命，却不是血肉之親。

「知不知道，孤兒，一個被遺棄的孩子……」

祖父的話一直在耳邊衝擊著。阿雄昏眩了。他想到遙遠久去的年代裏，他是那樣的被人遺棄在樹下，而祖父把他抱了回來……。

他是感激，也是激動。也隱隱的痛恨那對不曾謀面的雙親，但隨之而起的却是一陣莫名的渴思。

祖父咳的一聲，緊壓著肚子。阿雄驚醒過來，見被單上鮮血團團，突然興起一陣衝動，「祖父，你不能死啊！」他狂喊著，嘶聲力竭的在心中叫著。

祖父昏厥過去，口裏仍喃喃的唸著：

「不要賣牛……不要把牛賣了……」

阿雄猛然跳起，衝到屋外，老牛正站在門口，眼神茫然的看著阿雄，阿雄一橫心。牽起了牛繩，往鎮上走去。

（七）

阿雄拖著醫生，跌跌撞撞的跑回家裏。推開半掩著的房門，却發現祖父不在床上。他一驚，一句話也說不出來，醫生狐疑的望著他。

阿雄先衝到厠所，卽又跑到廚房，廚房的木窗，瀉著一片慘紅色的餘暉。

「……阿公……」阿雄幾乎瘋了，急急的又奔回房門口，太陽已沈下山去，血紅的餘光，幽幽的籠罩住整個田野。

「陰溝」。祖父是不是到陰溝去了，前兩天祖父一直想到那邊走走的，會不會自已去了呢？

阿雄於是跑向陰溝，一路上聲嘶力竭的喊：

「阿公……阿公啊……」

醫生莫名的跟在後面，急急追著。

阿雄跑到了陰溝，一手扶在枯樹上喘著，極力搜索，却不見人影。正納悶時，他注意到樹枝上似乎掛著一樣東西，正微微的幌動，他仰起了臉「呀!」的一聲，昏倒在樹旁，而在他頭上，祖父的拐杖在血紅的夕陽中，直挺挺的掛在那兒。

風輕輕的吹襲，四野裏好靜、好靜，只有田水淙淙的流聲，拉下了夜幕。

阿雄蘇醒過來時已是淩晨了。阿土正憐恤的望著他，阿雄一陣心悸。

「我祖父……」

阿土點了下頭。

阿雄旋又號啕大哭，翻過身子，正要衝到門外，却被阿土一把拉了回來。

「傻瓜，那麼晚了，明天再說吧，剛才大家點了火把撈了一夜呢!」

阿雄反身抱住阿土，又痛哭起來。阿土扶著他，踱到床邊，輕聲的說:

「天馬上亮了，你再休息一會吧。」

阿雄痴呆的坐在床頭，望著窗外，幾聲鷄啼在遠處傳了過來。

阿土突然想到了什麼，拿出一個紙包，說:

「這是你的錢，怕掉了，所以我收了起來。」

阿雄接過錢，正要收起，却突然喊道:

「我的牛。」

拔腿便奔了出去，阿土在後面追喊著，跟著阿雄到了鎮上。穿過小鎮的街道，遠遠屠宰場的燈火已在望了。阿土在後面喊著：

「阿雄，沒那麼快就送來啦，就算送來也沒那麼早就殺的。」

好可怕的一個「殺」字！阿雄倏地停下脚步，轉過頭來悻悻地盯了阿土一眼。血在他眼裏翻騰。

「殺，哼，我才要殺死他！」

阿雄一轉身，便沒命地往那盞燈火疾跑而去。

天色慢慢地發白了，遠遠傳來幾聲悽厲的叫聲，微弱得分不清是狗啼還是鷄鳴了。

過客

羅多年從福利社出來，夜色早黑盡了。一看錶，已超過上課時間。「糟糕！」他焦急起來，開學第一天，怎麼就遲到了。教室還不知在哪裡呢？他又瞄了下錶，腳步加快。突然，他想到，按例開學的第一週是不上課的，也就把心放寬許多。

文學院四一三教室此刻早已坐滿了學生。三個月暑假很快過去，久不見面的同學早按捺不住，而盼望著開學的一天了。有人喃喃訴說成績不通過的焦慮，有的倚在桌角卻談起三個月來工作的苦悶，以及誰工作加薪的興奮。但外面夜色是那樣的黑，像一道鴻溝，深深地隔開了白天所有的焦慮與匆忙，那些急躁、壓迫的責任感，像一陣風吹起的黃沙，颺起又終至平靜的消失在無涯時空中。這夜晚裡，他們深刻地感觸到，另一種世界已在眼前展開，又是一個可創造求取的天地。所以他們如此虔誠、興奮的期待著，那怕疲憊已在白天便表露臉上而使他們鬱鬱憂思了。

羅多年提著公事包，好不容易才找到教室。剛進門，見講臺空著便慶幸還不太晚時，卻猛不防人聲全靜了下來：

「起立！敬禮！」

他不自覺的朝後望了望，趕緊回過頭來，對著發口令的留著長髮的女孩喊：

「不是，不是！我也來上課的！」

全班嘩然的笑了起來。好尷尬，他氣極敗壞地感覺到，自己的臉紅得連耳垂子都漲圓了。哈著腰，他陪大家笑著，不敢把頭抬起，便胡亂的朝大家猛點起頭來，嘴裡不住咕噥著：「對不起！對不起……」。還好，後排的座位全空著，他挨著角落趕緊坐了下來。他臉紅著，暗自懊悔方才不該先上福利社的；正自怨自艾著，才發現圍住光禿腦袋的幾根頭髮全掉在一側，他駭然一驚，像光著屁股來到了西門町。他感覺頭頂涼著，脖子僵硬，竟不知如何應付投注過來的火棘視線了。

他年紀四十八，看來却老得多。頭頂全禿了，只剩兩側還有些沒掉光的毛髮。他把這些僅餘的頭髮留得夠長，剛好由左邊蓋到右耳，那樣：「年輕了十幾歲。」他不止一次的望著鏡子，衷心希望光禿的頭皮不那麼刺眼，但那僅僅如此帶住的頭髮是極容易掉下來的，這無疑是他最大的恥辱，雖然：「大大小小的什麼場面沒見過。」但每當他想到光禿的頭皮頂著陽光時，他總像死去般的沮喪，以爲一切的恥辱都降臨到身上來了。所以他極力掩飾著，如果發現到稀疏頭髮下的頭皮不再刺眼時，他便歡悅地以爲那多少挽回了他的尊嚴，而使他端莊起來。

他面貌蒼老，兩眼微禿，下巴很方，厚厚的嘴唇在小鼻下，顯得極不相稱。這也還好，最令人注目的，却是左眉上的一塊疤，不深，不寬，但恰好在最顯眼的地方。每當他笑時，一邊的眉便會吊得高高的，整個黝黑的臉似乎都扭曲絞結在一塊，連他自己對著鏡子，望著那笑容時，也甚至不知道那是哭或笑而憎惡起來。而此刻，在喘了幾口氣，覺得已泰然自若時，羅多年便是這樣端著那付臉孔迎向大家。

教授終於進來了，極年輕的學者模樣，羅多年生怕他的眼光望過來，極力把頭低下，撥弄著筆桿，一面在紙上無事的畫著方塊，一面却仔細的傾聽著：

「因爲頭次上課，所以大家要自我介紹⋯還有，上課證可以交出來⋯⋯。」

班長霍地站了出來，交出了上課證，老師算了一下。

「大家都交了吧！」一面點算著人數。

「我⋯⋯我沒交⋯我⋯因爲剛剛遲到了⋯⋯」羅多年慌張的站了起來，手裡拿著上課證，吃力的走了出來。

教授微笑著接了過去，輕聲的說道：

「羅—多年？⋯⋯請回坐。」

「是⋯⋯是⋯⋯請老師⋯⋯」話未說完，羅多年已惶惶然迴身要走，却不料一下又面對了大家，他感覺到教室裡靜靜的一無聲息，同學們正出奇默默的望著他，時間好像突然凍結；他躑躅著，似乎因這摒息的沈靜而駭怕，但覺那角落裡的位子，是多麼的遙遠而難及。而這突如其來的寂靜像極了十來歲時，日本飛機一陣掃射後，他躲在竹林下，聽著機聲遠去時死般的闃靜。那時他趴在草叢中，突然看見陽光下，倒頹冒煙的屋舍像是幻影裏的一個奇異景像。他想，下面再出現的會是什麼呢？心裏竟然似乎還有一抹期待。

他開始小心、匆急地低頭走著。教室裡依然沈默，只有腳步聲乏力地在地板上揚起。他大步大步邁著，並極力放輕腳步，但這一來，却使他的姿勢變得滑稽極了。同學有的噗嗤笑出來。他一驚，却碰落了臨桌角的筆記本。他急彎腰去撿，正伏下時，他感覺額頭一癢，頭髮已掉了下來，在耳側像一方手帕懸著。心一慌，却聽得教授在喊他：

「羅同學，不！羅老師，請問您是不是在中學教書。」

「是……是……我是啊。」羅多年手掩著頭頂吃力地轉過面孔，聲音抖著。

教授不再說話，只望著他，若有所思地遲疑著。終于又小心翼翼的問：

「中興中學？」

「是的！不過那是幾年前的事了，我現在在中央國中。」羅多年不禁奇怪著，教授怎會知道呢？

「沒關係，我只是隨便問問。」

羅多年回到坐位，早嚇出了一身冷汗。但始終狐疑著：難道他會是自己教過的學生？或是在那裡畢業的？他極力搜索著記憶，但教了十數年的書，學生不知多少了，怎能一一記得？「而且，」羅多年想到這裡不禁赧然，「自己一向也不怎麼注意學生的！」那時，剛由部隊退下來，通過了轉業考試，做了中學老師，看起來也算不錯的了。但是當了半輩子軍人，到快老了却仍孑然一身，別說膝下無子，連女人也不認識一個呢！那種滋味是不好忍的。所以終日裡只捧著發黃的、大陸上的妻的照片喃喃地唸著。那時節，別說班上的學生不識一個，卽連一班多少學生也不知道呢！

而眼前這位站在臺上的教授，莫非也是自己教過的？

羅多年想著想著，不禁懊惱起來！都是教育部搞這什麼補修學分的，教書教了一輩子，還要來做這狗屁學生！而自己也不應該來選修這什麼心理學的，本來這些補修學分的「老兵班」都有固定的教室，集中起來上課，一眼望去全是禿著或白着頭頂的老人們時，也就不覺得什麼了。但像自己這樣跑到別班選課，年輕小伙子中就只自己這樣的一個老貨，那種集中而來的注目的眼光就令人難受得連頭都不敢仰起來，「眞是。」

羅多年自怨自艾的責怪著自己，但來也來了，而且臉也丟過了，還怕什麼？

此時教授在臺上起勁的講著，在臺下的羅多年却一句也沒聽進去，他魂思沈浮著，一股莫名的情感在心中盪漾，那樣淡然那樣毫無所謂地。多奇怪的事啊。自己教過的學生，却在臺上教起自己來了，這代表什麼呢？他突然興奮起來。望著那臺上的教授，他感到自己不再卑下不再渺小。是啊，「我的學生在臺上授課，我却是學生了。」這是幸福嗎？「那麼爲什麼却不曾想到過幸福就是這麼簡單便可來到呢！」

他手舞足蹈，得意的沈醉在這突來的幸福中了。

下課啦。後兩堂沒課，同學們都走了。羅多年仍坐在椅上，滿臉光采，他思索著：「是不是……？是不是以前都白活了？這一生，那些快樂，那些痛苦，那些曾經歷傷著自己的魘魔那裡去了呢？那些罪愆，那些醜惡，那些曾經有過的劣行，現在看起來在自己生涯中又佔著怎樣的地位呢？那些逝去的時間呢？曾經如此深深地折磨過自己的，爲什麼全都不再存在了？」

慢慢地他冷靜了下來，記憶裡有樣黑影被翻動了。

在中興中學教書時，他剛由軍中退役，緊張的生活一下鬆懈了，人也跟著倒了下來。倒沒什麼病，只是開始回想到過去時，那種種的往事竟成了夢魘般的惡鬼附在身上；他想到了父母，想到了妻，想到了南北征戰的苦楚，這一生是多麼的艱辛坎坷啊！不止一次，他獨自在黑夜裡聽著鄰室兒語笑罵聲時，那惻心苦痛，便只能藉那張發黃的妻的照片以哭泣來打發了。他日益消沉，光采的容貌漸漸頹敗，人瘦了、背僂了，頭髮更掉光了，那當兒，學校的同事見他如此自毀，也有與他介紹對象的，多半是些什麼「死老公」的，他們是那樣熱心、盡力的撮合著，但在羅多年看來，「妻子？有啊！在大陸上啊。」怎麼又可另娶呢？而且，「有朝一日總要回去的。」「那時說不定兒子會在門口迎接自己了呢。」就這樣，他回絕了一切機會，孤單著，期待著。然而年復一年，他發覺自己越來越有老態了，「半夜裡起床上厠所也要兩三次。」美好的時光失去時，才知道後悔也已不及了，索性便認定「此生了矣！」也不再捧著照片泣了。

那時候，說是教書，倒不如說是行屍走肉般的打發自己。他不但懶于教書，連生活也是愚昧的；久不換洗的發臭的長衣，破舊打摺的西褲，眼角蓄着眼屎，披頭散髮的跑去上課。同事間的冷言冷語，學生們私底下的訕笑，他全不在乎「也許這位教授便是那時的學生哩。」想到了這裏他更加激動起來，好像在這些塵封的往事在一向裡是不可以回味的。不論是快樂的，或是痛苦的，那些過去，在今天以前他從來不敢稍加碰觸，只讓它在心靈中侵蝕著。而現在因著那教授的緣故，竟歷歷如繪地在殘缺的心中浮起。他是多麼緊張的翻動著那些把他打入地獄的往事啊！

也就在那個時候吧。不記得是誰又介紹了一個寡婦給他，「照他們的說法，是礦工的妻。」年紀四十，大臉，大脚，別說相貌如何，單那憔悴蒼老，臘黃風乾的臉龐便足以使人倒盡胃口了。而且乾枯的四肢，灰亂的雜髮才使人傷心呢。但此時羅多年也不在乎那許多了，惟惦記著她的年齡，「眞的能生啊？」他不止十次的問那介紹人。終于，他勉爲其難的接受了她的肚子，「看在還能生的份上，」他鼓勵著自己，這下「會有兒子了」。但當雙方正式見面，談起了銀錢時，對方驚訝于羅多年不僅沒有積蓄，而且連房子都沒有，竟拍著桌子，破口大罵起來，本來「溫馴的老母羊，一下跳起來，活像趕出猪圈的老母猪！」她頭髮披下來，瞪著大魚眼，「你沒錢，討什麼老婆？還嫌我老了，問我會不會生呢？」「你自己爲什麼不照照鏡子，看自己什麼德性？我看你這肺癆鬼才眞不會生呢。」

那女人指著羅多年的鼻子大罵了一陣，然後突然虛脫般的垂下頭來，嗚咽著埋怨介紹人把她給騙了，害得她受盡了委屈，丟盡了面子，「叫我怎麼回去嘛！連撿破爛的車子都送人了。」說完掩著嘴便衝了出去。

羅多年怔怔的站在那兒，許久許久才輕輕的啜泣起來，不顧早圍在外邊看熱鬧的一大堆學生。他關上房門，靠在門背上，失聲痛哭起來。

那晚他又捧出了妻的照片，狠狠的哭了一夜，「是啊！我憑什麼要討老婆？……」哭著哭著，他想到了年輕時種種的罪惡，是什麼樣的魔鬼讓自己做出那樣的事來？

那時自己在城裡學堂讀書，一年的暑假，回到家裡竟被父母親逼著與一個不相識的什麼莊主的女兒做了堆，那女的不但不識字，不知道自由戀愛的風氣已經開始也罷！一副粗俗的鄉下樣子怎麼配得起自己？雖然自己也曾吵鬧了幾天拒絕這婚事，但不管怎麼說仍是結了婚，同了房，自己態度也就轉變許多。但消息不知如何傳到了城裡同學耳朶，開了學後，自己却成了奚落的對象，在一次妻挺著肚子來探望時，怒氣正沒處發，竟當著同學的面痛打了她一頓，末了還讓她跪在屋裡。第二天，天不亮便乘著戰事爆發，不顧父母、妻子，便從軍而一去不返了。

而今回想起來，羅多年不禁痛徹心肺，猶然記得在省城居宿的小屋裡，昏黃豆油燈下，妻跪在床前，撫著肚子顫泣的情景。啊！作孽啊！多大的孽啊！

羅多年哭倒在地上，心肺絞痛著，還有什麼比自己的作爲更醜惡殘酷的了？我就那樣拋棄了父母、妻子及人性而活到今天嗎？我是那樣活著嗎？爲什麼我不在戰爭中死去呢？爲什麼讓我活到此刻呢？難道便是要我得到這樣的報應嗎？他嘶喊著，他肝腸寸斷，回想自己在軍中時，雖也曾夜半廻醒，但那時戰爭把他變更殘酷了，並不覺得那是怎樣的惡行。如今老了，無所依靠了，才眞體會到那時的罪惡。「是的，就是報應了。」也許這許多年來，環境的坎坷，心神的不安，全是爲了這些曾經做過的事啊！那麼，「絕代」就是必然的了。想到這裡，他又再度哭了起來，對著照片，他喊著：「妻啊！我錯了。」

那一夜，羅多年幾次想結束自己，但又想著「也許活到今天就是要我受報應的。」也就堅忍的活了下來。不久他請調到離開了好遠的「中央中學」任敎，遠離了那女人那些同事及恥辱。那以後他成了另一個人，膽怯、害羞、卑下的像一隻虫豸般活著。由于那痛徹心肺的往事折磨著他，羅多年突然的憬悟到自己的生命除了罪惡外，便全是空白。雖然，「爲國犬馬一生」但那也只是逃避而已，「自己一生中又作了什麼呢？」也就因爲這一切的恥辱皆是應得的報應，所以他不僅卑下的屈忍承受了，而且還近乎迫不及待的去自取呢。

羅多年此刻靜靜的在空蕩的敎室中坐著，思潮起伏不停，爲什麼今天又不在乎那些了呢？那些淡然泊然，毫無所謂的思想怎麼會產生的呢？他站起來，走到窗口，音樂系學生練唱的歌聲隱約從三樓傳了下來，那樣祥和，那樣和諧，使他有點重生的感覺了。突然，他聽到外面脚步聲在門口停了下來，一抬頭却見到那位年輕的敎授，站在那兒望著他：

「羅老師，您沒走嗎？」一面走了過來。

羅多年問：「你怎麼知道我在中興中學教過書呢？」

教授爽快的說：「怎麼？羅老師…您教過我的。我叫陸明毅啊，您眞是忘了，我那時三年級，您只教了我一學期不到就調走了。但我還是沒有忘記您呢。我對您印象好深。剛剛一眼見到，我就覺得很像。一問您，果然就是了。」

羅多年聽著不禁笑起來，正是那一年呢！

「我跟那寡婦的事你知道吧？」

「知道啊。那時我們班同學全都笑死了。但過幾天後，却覺得老師好可憐，那個寡婦有點太過份了。」陸明毅說著。

「哈！也沒什麼。我也不對的。不過倒是後來那寡婦結婚沒有？」羅多年問道。

「唉，那女人怎麼嫁得出去呢？那次事情以後，村子裡的人都不再理她，更不敢替他作媒了，好像直到今天也沒結婚呢！不過也眞是可憐啊。我上次回家，好像聽說她正犯著病，快死了。」陸明毅說著，聲調也壓低了。

羅多年聽到這裡，心情沉重著：要是當時自己有錢，她也就不會弄到這種地步了吧。這麼說，也是自己害了她呢。他沉默著，沈思起來，驀地，他像下了什麼決心，顫抖地說：「好…她還是住在廟邊的破房子吧？」

「應該是的，也沒別的地方去啊。」陸明毅說完，又接著：「太晚了。羅老師是不是要回家了？」

兩人告了別，羅多年在回家的路上，不停的想著：眞是人生何處不相逢啊。

第二天，羅多年西裝領帶，手裡拿了一個好大的紅紙包——十萬元。精神奕奕地來到了寡婦住的破房子。站在房子前，猶豫了許久，才毅然地推開了門。一陣潮濕霉味衝了過來，光線暗暗的什麼也看不淸。好一會兒，習慣了黑暗後，他看到破碎支離的桌椅，東倒西歪的橫在房子中間，牆角一張床半傾的靠在地上。

「沒人啊。奇怪？難道病好跑出去了？」

「有人在家嗎？」

「有了在家嗎？」

他謹愼、淸晰的喊了幾聲。空氣裡，靜悄悄的，只有老鼠衝過地板的叫聲。羅多年突然駭怕起來，「難道……難道來晚一步了？」他急退出房門，跑到廟口，發瘋似的攔住了一個路人：

「那寡婦呢？那裡去了？」

那人先是嚇了一跳，繼之知道了他問著那個住在破房子中的寡婦後，才說：

「不是早死了嗎？神經病！去年就死了，死了三天才被人發現哩。那時已臭了，長蛆了。」

說完猶有餘悸地吐了一口口水。

羅多年怔怔站定在路中央，「那麼是陸明毅搞錯了」「早死了，長蛆！臭了？」他突然拔腿狂奔，西裝脫了，鞋子丟了，領帶也解了。最後把兩手捧著的好大的紙包也扯開，抓起一束鈔票往天空中抛去，然後又一束……一束……。他一面抛一面尖聲狂叫哭泣，繼而縱情地笑。他嘶喊著、跳著，錢鈔紛紛散落下來，風一吹又紛紛飄起，有如一大群蝴蝶在那裏飛舞翩躚，而他的垂在耳側的頭髮也隨著風飄著、飄著……。

第二天，人們在河裡發現了他，奇怪的是他頭側的髮竟完全掩住了光禿的腦袋。但是，他到底是誰呢？人們之中已不再有人認識他了。

脚　步

(一)

沈悶的下午一時，耀眼的陽光熱辣辣的從無雲的天頂灑落。通往臺東鎭的一條黃土路上，稍白灼熱的卵石在塵土之間，露出崢嶸的面貌。路旁參差的芒草，軟綿綿地低垂長葉，因這七月的熱浪而萎靡枯槁。

「甚麼鬼天氣唷?」

玉珠坐在飯桌邊，望著蜿蜒遠去的路面時，稍稍急躁的這樣怨懟。

這是好幾公里長黃土路上的唯一人家。斑剝的土牆上，白灰脫落殆盡，褪了色的破舊屋瓦，配著柴門木窗，在這眩眼黃濁的强光下，有點孤寂凄涼。它正面對著土路在光禿荒涼的礫土上，靜沈沈地籠罩在窒息慵懶的陽光中。

小屋中的一角，三十歲的玉珠端著飯碗，坐在飯桌上緩緩地扒著飯。她一面注視著延伸遠去的路面，一面漫不經心地咀嚼著，然而屋外的陽光是那樣刺眼地映在黃土上，使她不得不在短暫的眺望後，把視線拉回簡單的飯桌中。

「唉唉，煩死人。」

她突然綯起眉頭，一把推開飯碗，懶洋洋地站起身來。

「阿婆……阿婆？吃飽啦。」她朝布簾隔開的內室喊。

這個廳堂約莫六坪大小，狹長的空間裡空蕩蕩的，除了一把藤椅及角落上的飯桌外，便一無他物。四面的牆壁，在陰暗中長滿了蛛網及霉斑，顯得單調冷森。再加上牆上靠近布簾的上方，掛了一個老式的時鐘，便使得整個的空間籠罩在一種無名的鬱悶中了。

那時鐘老舊不堪，破裂的木殼上，隱約有精工舍的字樣，圓形的數字板上，水漬及銹斑滿佈，數字也看不清了。它此刻正老邁無力地擺動鐘擺，發出粗糙的嘀嗒聲。

就在玉珠朝著內室喊叫阿婆時，時鐘突然黯啞地騷動起來。

玉珠抬起頭，只見鐘上的指針擠在一起，模糊中任她怎麼看也無法分辨長短。她勾了勾頭，嘲笑般地聳聳肩膀，便往布簾走去。

「阿婆……阿婆？」她再喊。

「來啦！」

隨著聲音，一個老婦匆匆走了出來。

「吃飽啦？」阿婆問。

「嗯……」她低著頭。

「那……那我收了？」很拘謹的樣子。

「嗯……」

阿婆於是走到飯桌邊，收拾起碗筷。她身形瘦弱枯槁，臉容憔悴，一襲黑布衫蓬鬆地掛在身上，使她半哈著腰的身形佝僂老邁。

她似乎有點懼怕玉珠，在她收整著碗盤時，不時偷偷瞄向玉珠，彷彿深怕些微的聲響，都會激怒了她。然而玉珠翻身走到門口的藤椅，朝著屋外亮烈的黃土路，一屁股坐了下去，嘴裡還哼著歌曲，絲毫沒有不高興的樣子。阿婆這才鬆了口氣，急促的忙碌起來。

「阿婆，到底幾點鐘啊？」玉珠半躺在椅子裡，像是想起了什麼突然這樣問。

玉珠邊問，邊用塗滿血紅蔻丹的手指，夾起了一根香煙，眼睛仍然怔怔地望著死沈沈的路面。

「一點，一點五分啊。」阿婆經玉珠這一問，突如其來地駭了一跳，望著時鐘，久久才訥訥地回答。

「喔。」

玉珠不在意的應了一聲。她剛剛看到一隻黑色的小螞蟻，艱辛地咬著一顆飯粒，走到門背的夾縫裡。

「孩子都睡了？」玉珠點起香煙。

「是，睡了。」

玉珠彈了下煙灰，閉眼不再說話。她皮膚白淨，面貌皎美。雖然在三十左右的年歲上，黑亮的頭髮仍然使她有著一份少女的嫵媚及艷麗。

她今天梳了個髻子。耳邊未曾挽起的髮絲襯托在白皙的頰肉上，使得細膩而透明的汗毛，彷彿任情流瀉著熟透了的女人韻味。

她此刻靜靜地坐在藤椅上，兩腳支起在膝前翹了起來，紅綠相間的長裙順勢滑落，露出了粉白細緻的一小截大腿。她把頭斜靠在椅背上，輕吐煙霧的唇，紅艷艷的劃出一彎美麗的弧線。

「沒事了？」阿婆收拾好碗筷，站在那兒。

「嗯……」

「那我到後面去了。」

「嗯……」

玉珠緊望著路面，當阿婆的腳步聲窸窸窣窣地逐漸消失後，她幽幽嘆了口長氣。她此刻的位置正好斜對著路面，無邊無際像一支箭射去的土路，遙遙延伸到不可知悉的未來。她看著，盼著，希望這沈寂的土路，在下一瞬間會突然展現生機，然而在這樣的暑熱裡，連塵土也死沈沈地不會飛揚。她只得按捺住急躁的心情，輕輕搖動著雙腳。

縱然是解嘲般的自我安慰著，玉珠在單調的時鐘嘀嗒聲中，還是站了起來。她走到飯桌邊，扭開了桌上的小唱機，轉盤上放了張唱片，她朝唱片吹了口氣後把唱針放下，又坐回到藤椅。

沙沙的聲音之後，終於一陣弦琴聲傳了出來，這是一首臺灣民謠，凄涼微帶感傷的歌調，正是方才玉珠嘴裡哼著的，而此刻，深躺在椅背裡的她，也同樣的隨著歌聲而淺哼起來。

她面無表情機械般的哼著，但當她唱到：

「有情阿娘仔著甲娶

不通放給伊落煙花」

時，她卻在心裡閃過一絲悵然的驚喜，但那感覺是那樣忽焉而去，僅僅使她在臉上掠過一陣揶揄的輕笑而已，她仍舊空洞地盯著乾硬而泛著強光的台階，隨著歌曲唱了下去。

老舊的時鐘又騷動了一陣，不過玉珠沒去理會它，對她來說，時間彷彿失去了意義，她只感覺到昏沈慵懶的熱氣而已。

唱機停了，單調的弦琴聲戛然而止，空氣中窒悶的氣息好像因此更加沈重，但玉珠彷彿睡著了，一動不動地靠在椅背上。

時鐘嘀嗒聲中，玉珠幽然醒轉，她重新又放起了那首名叫「臺東人」的歌，也說不上來的原因，她總是喜歡著那曲子裡的哀傷及輕佻的歌詞：

什麼「稻仔大肚驚風颱

阿娘仔大肚驚人知」啦，然後却

「左手牽衫掩肚才，

右手招君仔擱再來。」的惹人噴飯。

當然玉珠之喜歡它，除此之外，便是有著同爲女人的哀怨吧！所以每當唱到：

「有情阿娘仔著甲娶，

不通放給伊落煙花。」

時，她才那麼深刻的感受到它的含意而嘆息起來。她往往因此而想到數十年前或數百年前，在這首歌所描繪的年代裡，那些坐在茶店裡等著客人的女孩，當她們肚子隆起而招呼著客人時，那樣的情景，到底是怎麼樣的令人無限喟嘆啊？

玉珠又坐回了藤椅，就在她靠回椅背時，她注意到伸向遠方的土路上，隱約的像有人走了過來。但陽光是那樣的刺痛著她眼睛，她想，總不會是眼花了吧，要不然在這時分上門，便是討命的惡鬼了。她依舊閉上了眼睛。

空氣在這沈悶裡，好像要全數蒸散了，玉珠慢慢地感覺到靠在椅上的身體，逐漸飄浮起來。

耳朶裡在矇矓中，傳來了小孩的哭聲。

「唉呀！哭什麼嘛？又沒死人。」

她不自覺的罵出聲。然而身子仍待在椅上，不曾移動分毫。

小孩的哭聲，哇哇地傳了過來，玉珠把頭翻向門口，雙手放在椅把上，毫不在意地輕搖著雙腿：

「哭！哭吧！」

她忿忿地在心裡罵著。而躺在搖籃裡，張著大嘴，手脚亂蹬的孩子影像，却隨之在她心頭膨脹起來。

「眞是！死老爸了？」

她這樣罵後，小孩的哭聲竟奇異地停了下來。玉珠長長地哼了一聲，在靜悄悄中閉下了眼睛，矇矓間那弦瑟聲又把她懸浮在那古老的年代中：

「稻仔大肚……，

阿娘仔大肚……。

左手……………，

右手…………。」

…………

「……」

「小姐，唱片唱完了。」

一個男人的聲音突然在耳邊響起，玉珠猛地一驚，差點從椅上跳了起來。

「喔……」

玉珠走到桌邊，把唱針重新放好，隨口自言自語地：

「孩子在哭…」

「什麼？」那男人沒聽清楚。

玉珠這才抬頭打量那男人。只見他三十來歲的樣子，白皙的臉，瘦瘦的身子，頗像個斯文的人。她直盯著看，有點好感在心中漾開。

男人被太陽曬急了，臉水淌著汗水，經玉珠這麼一看，却紅通通的泛起紅潮，這麼一來，使玉珠更有一種親切的感覺了。老實說，玉珠在煩悶的等待中，倒不曾料到會有這樣的男子出現，雖然自她十四歲便賣身至今，上千上百的男人從指間滑去，但却從來沒有過，像這怯生生男人所使她引起的心跳。

「好熱吧？」玉珠銜著他風情萬種的笑著。

「哎……」還像男孩似的赧顏呢。

「好像沒看過你嘛？」在走到內室的當兒，玉珠挽著他的手臂。

「沒……不過……前幾天我隨他們來過……我是說小羅他們……我在外面……」他多餘的解釋著。

「呆人……幹嘛不進來坐?……又不吃人?」

玉珠格格地笑了起來。却隨而發現自己這句話有些不妥，「當然不會吃人，反而是……。」她更加孟浪起來。

男人益發臉熱了。玉珠的興趣彷彿因男子的羞赧而更加的被挑逗起來，「總不會是不曾上過妓院的規矩人吧?」玉珠在心裡掠過一絲奇異的感覺。

不一會兒，正脫著衣服時，玉珠感覺到男人果眞帶著幾分嫖客不該有的拘謹和羞澀。

「你也在臺東木材廠?」玉珠把臉湊過去。

「嗯……沒幾天……」

「那…你今天不上班啦?」

「我那天看到妳…所以…」男人試圖避開玉珠的挑逗。

「嗯…所以今天偷偷跑來啦…」玉珠不放鬆的逗引著他。

「突然就喜歡妳了。」

男人突然咬著嘴唇，用著嚴肅的口吻這樣說時，玉珠却隨即因這句話而砰然心跳起來。「……喜歡妳……」這句話對玉珠來說，只不過是句男人的口頭禪罷了，永遠跟隨著肉體的相擁而出現。然而這樣的嚴肅口吻，由這怯生的男人說出時，玉珠却反而為這簡單的字語而被攫住了。

她努力想擺脫這樣的感覺——那簡直像相愛著的人。

「我也好喜歡你。」玉珠脫口而出。她想藉著這樣的輕佻使自己回復到一個妓女的地位。

然而男人不再言語後的凝視，只有更令玉珠感到逼人的難以抗拒的眞情流露。

「別那樣盯著人嘛。」

玉珠打開窘狀，男人却順勢勾起了她的下巴，一雙眼神因此深深地漾在玉珠動了情的心裡。

「今天是怎麼回事了？」玉珠在心裡激動起來，千萬個不同的男人曾經說過類似的話語，也做著同樣的動作，為什麼這孩子般羞怯的男人會使自己心動呢？

她竭力想掙脫逐漸湧起的情愫，試圖把自己拉回漠然無所謂的動作裡，然而男人白皙的臉孔，黑濃的眉毛，以及略帶拘謹的動作，却在心頭更加膨脹起來。

「我總覺得我們認識好久了。」男人說。

「老套。」玉珠在心裡吶喊著不要去信它。

「妳的臉那麼熟悉的在心中廻應著⋯」

「廢話⋯⋯廢話⋯⋯」玉珠逼著自己不要聽了。

「所以，我想⋯⋯我要找一個特別的時間⋯⋯。」

「每個男人都這麼說的⋯⋯」玉珠雖然抱著不去理會它的心理，然而她却又期待他繼續說下去。

「妳是不是覺得我有點神經病？」男人突然這樣問，他的表情誠懇而動人，玉珠隨而垂下了頭。

「不，不會啊……」

玉珠輕輕地回答。「見鬼……」她同時却在心裡嘲諷著自己。

「我也不知道爲什麼怎樣……不過……我從來沒有來過這種地方……」他很認眞。

「嗯……」玉珠依着他更緊了些。

「我以後要常來看你…」

男人終於吞吞吐吐地說完，玉珠把頭靠在他的胸脯上，開始昏眩起來。

（二）

「玉珠……」馬端明輕喚着橫臥在床上的女人。她趴伏着身子，烏黑柔亮的髮絲披在光滑細嫩的背上，豐腴撩人的美麗曲線，益發在晨曦的逆光中，顯得楚楚動人。

「玉珠…」馬端明湊過臉去，在她的身上摩擦着。

「嗯？」她翻了個身，雙手擁住了馬端明。

「嗯。」她猶閤着眼簾，囈語般的應聲在小屋中漾開。

「眞的？」馬端明激動地摟住玉珠光滑的身子。

「什麼眞的？」玉珠霍然醒來。

「眞的嫁給我啊。」

「嫁給你？」玉珠瞪大眼睛，旋卽格格地笑了起來。

「我是說眞的，我們離開這裡，我會好好的疼你。」

「嘻……」玉珠猶然吃吃地笑個不停。

「眞的，不跟你開玩笑。」馬端明氣極敗壞的說。

「誰說我要結婚的？」

「你這樣下去總不是辦法啊！」

「這樣不是很好嗎？」

「可是你……」

「怎麼？我不偷不搶，有什麼不好？」玉珠睨了馬端明一眼。

「不……我的意思是…不必這樣過日子。」

「很好啊，也不費力氣，也不需奔波受氣，而且那個男人不喜歡我？我何苦要結婚受罪？」

玉珠理直氣壯的說。

「可是，我們可以正正當當的生活啊，我去上班，或者做生意，快快樂樂的活下去。」

「唉，我才不結婚，我的祖母、母親，也都是這樣的過來了，還不是快快樂樂的。」

馬端明看到窗外的後院中，老阿婆蹣跚吃力的提着水桶，一桶又一桶的提回家裡來，他歪斜着身子，枯瘦的手臂彷彿再無法承受重量而微微顫抖着。

「唉，我早就抱養了女孩子，像我祖母買了我母親，我母親養了我一樣，我才不擔心呢？」

「那……」馬端明詞窮了，他注意到老阿婆好像跌了一跤，正撫摩着膝蓋。

「算了吧，還說結婚呢 我才不幹，再說我才只不過認識你幾天。」

「……」

馬端明沒有理會玉珠，他的注意力全集中在那老阿婆身上了。

「玉珠，那老阿婆怎麼那麼老了還來作事呢？」

「啊？」

馬端明指着窗外的老人。

「她啊？就是我的祖母啊！」

「啊？」馬端明瞪大了眼睛。

「你…祖母？」

「是啊，我的阿婆啊？」玉珠奇怪馬端明的神情。

「那…你怎麼叫她做那些事情？」

「不叫她來做還叫我來做啊？」

「可是，不是你的祖母嗎？」

「是啊。」

馬端明詫異的望向玉珠，只見她也狐疑的看着馬端明，馬端明遲疑着，覺得她的姣美的臉龐竟似流露出駭人的神情，像是白痴的眼神—空洞且令人不寒而慄。

馬端明怔怔的看着玉珠。

「你……」

「這有什麼奇怪的，我的母親對她的祖母也是這樣的啊，她們都是這樣的，有什麼奇怪？」

馬端明思緒絞結着，像是無法忍受這樣的事實，在這女人身上，他竟找不到絲毫可以顯示其爲人的證據，他想到電影裡野狼灼灼的眼神，更想到瘋人院中空洞無神，而且直視的眼睛，他駭然的跳到床下，胡亂的抓起衣服，正穿時，却突然想到自己是那樣裸身的與她擁抱親吻，一陣噁心湧上心頭，衣服不及穿好，他便沒命的往門口衝去。

跑了好久了吧，那房子已看不到，馬端明突然因自己的行爲而感到可笑起來，大概是少見多怪吧，也許不應該那麼大驚小怪呢？

然而，他旋卽又想到那斜着身子提水的阿婆來，那麼吃力蹣跚的脚步，也許正是玉珠將要走的呢？想到這裡，馬端明不禁因那樣的一些女人而悲傷起來。

故事

一

他們正在開「榮團會」時，太陽已經偏斜了。淡紅的陽光透過木麻黃而射到餐廳的沙地上，有點燥熱，有點昏黃。

火力班班長方樹民蹲在隊伍後約一公尺的地方，心不在焉地在沙土上劃着方塊。激起的塵土在斜光下稍稍揚了起來。

「媽的！該開飯了吧。」

地上的圖案越畫越像一塊三角帆時，他突然劈劈拍拍像刈草般地把帆及桅桿抹了去，並沒頭沒腦地冒出了一句：

「太陽下山囉！」

連長喋喋不休的訓話倏地停住。

「方樹民？」

老方連頭也沒抬，但他知道那小鬼的臉孔一定氣炸了。

「我說方樹民，你有什麼建議？」

「沒有！」老方低頭又畫了一個方塊。

「沒有？那你在底下嘀咕什麼？……鄧昌菊！鄧昌菊呢？」

阿菊正打着盹。

老方推了他一把。

「問你咧！」

阿菊站了起來，慌忙中把小板凳弄翻了。

「你怎麼樣？有什麼建議？」

「沒……嘸啦……不過……阮嘿嘟……退伍啞嘸下來……報出去那麼久了……阮嘿嘟……四五十歲……走路跟不上……免參加行軍啦……。」

他夾雜着閩方言與國語的建議，結結巴巴地在餐廳中廻盪，把全部的阿兵哥都惹笑了。

「走不動？你酒少喝點就會走啦！」

阿菊訥訥地站在那兒。

「……阮嘿嘟……規定……四十五歲……免行軍……阮老士官……免嘿嘟參加……」

「規定？你知道什麼規定？讓你走走路，運動運動不好啊？」連長揮了揮手，示意阿菊坐下。

「不過……阮嘿嘟……」

阿菊訕訕地還要說時，老方扯了扯他的褲管，硬把阿菊給拉了下來。

「講？跟他還有什麼講的！」

二

正午時分，海風照例地在這時刻停下來。瀰漫着砂石的沙灘，終於在風止後的日照下露出了它本來沉悶詭譎的面目。

這是金門西海岸靠近古戰場的一個小據點。方圓百十公尺的地方，在鐵絲網及壕溝的圍繞下，堅若雷池，密閉得恐怕連一隻老鼠也走不出去。而正對海面的端處，兩三個碉堡更把整個對岸盡攬眼底，連鳥都飛不進來的把守着。

悶熱無風的午時，惡毒的日曬連空氣也彷彿蒸散了。開過飯的士兵，在沉沉中睡去。空氣中好靜，使人感到絲絲的不安。而黃混的沙灘上，燥熱的沙石在荒涼中，泛着一層無力、昏眩的窒息。

一號碉堡的邊上，在沉寂中突然閃過一條人影，他躡手輕足地走在舖滿碎蚵殼的走道上，發出沙沙的響聲。

衞兵霍然驚醒，槍桿擧了起來。

原來是老方。

他向衞兵揮揮手，自顧自地繞過了哨棚，來到鐵絲網邊，便一屁股坐了下去，方才聲響於是又趨於靜止了。

近來每天到了這個時候，老方總是坐到海邊來，儘望着海水出神。雖然他是如此地呆望着，彷彿入定似的。但每當水面上出現了點點的小帆船時，他便悠忽的睜大眼睛而興味盎然了。然而現在的海上空無一物，只是翻起的白浪在陽光的耀射下，粼粼的泛着浪光。一大面湛藍的海水，在這靜止中，彷彿把陸地間的距離拉近了許多。

耀眼的陽光高懸着，老方瞇着眼睛，極目搜尋。遠遠靠近對岸的水域裏，好像出現了幾個黑影，但那小點着實太遠了些，老方看了半天，也看不出什麼，於是他靠回了身子，順手拉起一根青草，嚼動起來。

他是這連隊僅存的兩個老士官之一。另一個就是鄧昌菊，人人叫他「阿菊」的那位。老方一向是極厭惡阿菊的，尤其當阿菊喝得爛醉，跑到他跟前胡說八道時，他總厭煩得想宰了他。但最近，他倒是對阿菊懷抱了一種格外的心情，不再對他那麼厭煩了。因爲自從去年年底，老兵們相繼走光了以後，他突然感覺阿菊可愛多了。

在以前，雖然他不怎麼跟所有的老兵們來往，但總生活在一個隊伍裏面，多少有點感情。所以，當他們全退了伍，回到臺灣去的那晚上，他着實大醉了一場。也說不上什麼原因，總之他醉了，在床上挺了三天才恢復過來。

也許同情阿菊，便是那時開始的吧。

阿菊是福建人。生就一副酒糟鼻子大肥臉，黑黝黝的皮膚撐在五短身材上，每當走路時，一身肥肉顫巍巍的，就像一個獅子頭在地上滾動般的滑稽好笑。但除此之外眞正引人發噱的不是他的人，而是他的話語：是鄉音嗎？又夾着國語，說是國語嘛，却又摻雜着無數的方言。總之，見着他的人，再聽得他講話時，一定會噴飯大笑的。幸好他與人談話的機會不多，一天裏他總有十個小時是醉醺醺的，而其他清醒的時間又全在睡眠中渡過，那麼對於這樣的老兵，想要來指責他的不是，却也沒什麼理由了。

當然他並不是自始至終都是這個樣子的，年輕時的雄偉事蹟雖然沒有，但那只是他十三四歲穿上二尺半後，除了打靶外，一槍一彈沒有放過的悵惘而已，是不能怪他沒有功勳的！而且在軍隊裏一耽三四十年，從毛頭小子到頭頂開了花的老人，其中的辛酸，雖是沒有功勞，總也有點苦勞吧！

阿菊是以這樣的態度過活着，自然除了酒以外，也就沒有任何東西可使他安心了。再說來到金門不知千百回了，放眼過去，對岸永遠是什麼都沒有，倒是覺得山好像高了些，而日子一年年逝去，望着望着也不曉得望了多少回了，海水還是那麼藍那麼深。阿菊已上了年紀的腦袋，倒想趁還能動時，退伍下來做做老百姓了。說起來，大半輩子還是在臺灣渡過的呢！他時時計劃着退伍的日子，那當然是他在清醒時候——起床的時刻裏想的：賣牛肉麵？不！小的餃子館好了，或是乾脆到學校裏當個小工友！行，行，都行，只要能退伍便行……。他三番兩次地向自己保證着，一定好好地幹。

於是酒喝得更凶了，因爲希望就在眼前。

也許老方厭惡他的原因便在這裏了。二十來共同生活中，不止一次，他見阿菊醉了，哭了，嚷着要回家鄉去。不多久，又醉了、哭了，却抱怨退伍沒有核准。

對於像老方這種事事認眞的人來說，阿菊的少有骨氣，當然是醉生夢死的行爲了，因此他這樣子罵他。

「媽的，中國就是被這種人搞垮的！」

這樣說阿菊當然不近情理，但事實是老方一向是誰都討厭的，也就沒什麼奇怪了。

其實方樹民可說是個標準的軍人。他南征北戰，在槍林彈雨中不知死過了幾回，在挨滿了彈痕後，終於保住了一條性命，做了火力班班長。他是很滿意這個職位的，而且做得很認眞。雖然曾經有人以爲他最起碼也該昇到士官長的地位，不過：

「當兵的計較這些什麼用？重要的是……」

他總毫不在乎的說上一大堆道理，堵住了那些替他叫屈的嘴巴。

除此之外，老方更對將來充滿了信心，這點從他每個早上賣力地跑步，保持體力的情形便可看得出來。但是人終究會老的，他當然不能跟二十郎當的年輕小伙子比。本來每天早上三千公尺的跑步，這幾年來也只減到做做體操，散散步的地步了。不過，他仍舊是精神奕奕地，如果有誰那麼不識相地問：

「老方！快退伍了吧？」

那麼他一定得準備挨一頓罵了，在老方紅光滿面的臉上，甚至連皺紋及白髮也顯得有力呢！

這種情形已延續多年了哩！不過最近連上的老兵一個個走了後，他却不再早上運動了。早操時總是沒精打采的站在隊伍後頭，伸着懶腰，打着哈欠，而那一頭白髮却更蓬鬆了。

然而日子還是一天一天沉悶地過去，什麼事也沒發生，大概除了連長偶爾發發脾氣罵他外，日子還是跟二十年前一樣的吧？

雖然如此，但不知從那天開始，老方一有空便總是坐到海邊來，看着海水，看着沙灘了。

此刻，老方已經在這個碉堡邊坐了好久了。海上的小點逐漸看得很清楚起來。那些是一艘艘小舢板，打滿補釘的三角帆，斜立在木質船身上，正鼓着風在浪裏飄浮。

那船一上一下巧妙的逆着風行駛，在S形的路線中迎風前進。

老方瞪大了眼睛，坐着的身子幾乎浮起來，雙手更隨着小船的左右逆駛而移動着。喉嚨裏：

「……嗨唷……嗨唷……」

也隨着韵律發出粗嗄的喊聲。彷彿他正站在船尾上撐着舵駕馭着風浪一般。

哨棚裏的衞兵，偶爾探過頭來，聳聳肩便隨而伸回頭去。而天空中，陽光仍是那麼刺人眼簾，沉默的空氣中不時傳來老方的哼哈叫聲，那囈語般的低吟，便像是悶悶濕熱的泥漿正冒着氣泡無聲地鼓動一般，使人慵慵然昏沉欲睡。但若與悶熱的陽光比較起來，老方坐着的碉堡邊上，那草地、那陰影，是多麼的使人感到欣喜而想擠進那清涼之中啊！

三

太武山上的風呼呼地吹着，貼地飛走的沙石，偶爾打在老方的脚上，微微刺痛着。

他手上拿了一個紙包，終於在吃力的爬上頂峯後，站到一塊大岩石上。

他今天的心情壞透了。毛頭連長竟當着大家的面刮了他一頓鬍子，而且還叫他立正在餐廳中站了十分鐘。

「媽的，什麼玩意，我提着槍打肉搏時，你這小子還不知道在哪裏呢？叫我罰站，什麼玩意兒？連我看看海水看看山也礙着你了？媽的，什麼玩意……」

似乎是越想越氣，老方竟破口大罵起來，只是這裏的海風究竟大了些，喊出去的話，便像吹嘯而過的小石子，無聲無息便消失在懸崖之中，再也聽不到了。

他臨着風，站立了片刻，心緒漸漸平靜下來，而面對着眼前壯大的景象，更使他浮起另外一種念頭，把方才的不悅通通拋諸腦外了。

一個月裏，老方總有幾次要爬到山上來的，尤其是當他身受委屈而心情愁悶時，他必定是在枕頭底下取出報紙包就的小紙包，一路蹺上山來。也說不出爲的什麼，但每次當他忿忿地來到這裏，而望着開闊的山水時，他所有的煩悶便都在海風的吹拂下，一溜地的消失。也許十分鐘，也許一個鐘頭，他總靜靜地佇立山頭，然後才又細心地將小紙包揣進懷裏，返身走下山去。

此刻，他正如此地靜立着。背負着的手，緊握着泛了黃的小紙包。

天邊不知什麼時候飄來一堆黑雲掩住了陽光，在碧綠的海面上，籠罩成一種陰暗的顏色，使海水看起來，便像突然加深了幾尋似的。

然而他知道那海水其實是很淺的。退潮時，便可一涉而過呢？

他站着，突然笑了起來。

好久以前的事了。那年初到金門來，八二三炮戰剛打過，他與幾個老鄉站在古寧頭望着海水漸退的沙灘時，竟然打起賭來：他賭說等海水退盡時，一定連走都走得過去；當然，老方是賭輸了，當着大家的面，他仰臉呑下一大瓶高粱，但半瓶還沒喝下呢！胃部一陣抽搐，他通通吐了出來，而辛辣的酒味，更使他噙着的淚水，块堤似的滾落。

那一次眞丢盡了人吧！然而似乎老鄉們便沒有再提起那次傻事呢！

那當然是個笑話了，不過有多久了呢？老方靜立着，看着海面悠悠流動的潮水，那高粱酒的辛辣彷彿便鯁在喉頭而酸湧起來了。

其實，那海水眞是很淺的，雖然老方打賭輸了，然而他一直那樣肯定的以爲着，走當然是走不過去的了，不過當潮水退了去時，逐漸露出的沙洲，不是眞的像接到對岸的山下去了嗎？大概誰也會這樣地打着賭的吧！

老方再度笑了起來，深深地吸了幾口氣，正想下山去時，却突然爲海上出現的幾艘小船而拉回了脚步。

他走到岩石邊上重又坐了下來。在這高處，海面上的景物比在海邊上看，要清楚多了。

他凝神地看着。

開始喜歡看船大概是這幾個月來的事吧！連他自己也弄不清，爲什麼先前不願意去看的東西，竟也喜歡起來了。但總之那些在水上飄浮的東西，算是重新回到自己的生命之中吧。他倒有些異樣的感覺——是那樣子的東西嗎？一直在內心裏煎熬着不去想像的事物，就像在江水裏飄浮的嗎？

打從那年打賭失敗而灌下半瓶高粱酒後，老方便不願望向海邊了，尤其是那些帶着三角帆的舢板，總會觸動他厭惡不耐的激動。「媽的！儘看這個有什麼看頭？」他總那樣咒罵那些喝醉酒的老鄉們，尤當他們述說起家鄉的種種時，老方更會一股腦地用盡所有髒話，說他們沒有出息，只會作賤自己，一如他罵鄧昌菊「搞垮中國」一樣地忿忿。然而，他今天竟也如此地看望起來了，而且似乎比那些退了伍的老鄉們，有着一股過無不及的期盼。只是連他自己也弄不清楚到底怎麼會有這樣的轉變。不過，既然這樣做能使他打發時間，那麼又何妨呢？

天色漸暗了，海風逐漸加大起來。老方終於抬起沉重的脚步，一步步走下山去。

四

連長宣佈任何人不可超過衞兵哨棚，而走到碉堡外的第三天，老方一大早就起來了。月亮還掛在天邊呢，種滿木麻黃的據點裏，泛着一股冰涼的冷意。老方在沙地上輕輕地走着，雖然天邊已泛白了，不過樹影幢幢，他幾次差點摔倒地上。好不容易，他到了阿菊的碉堡前。

「咯，咯，咯……」

他輕敲着木門。

「阿菊……阿菊……」

「……哪一個……」

「我！方樹民。」

「啥沒事情？」

「……開門……」

「……」

停了半晌，阿菊摸索着把房門打開站了出來，泛白的月光照在他半邊臉上。

「哎，幫個忙好不好？」

「嗯？……」

「我想去抓八哥。」

「啊？……」阿菊嚇了一跳。

「抓八哥。」

「抓八哥？」

阿菊突然神經兮兮地笑了出聲，並且意外地一口答應了。

「嘻嘻……好哇，走！」

阿菊回身把房門掩上，跟着老方走了出來。

他們兩個一高一矮，一胖一瘦，穿出了側門。阿兵哥是最好騙的了，只消說去查哨，三更半夜也出得去，更何況天快亮了。

「阿菊！你不問我爲什麼要去抓八哥？」老方在沉默了片刻後問。

「問？問啥來？我卡早就想去抓了。」

「喔……」

「你現在才想要養嘿嘟八哥啊?」

「嗯……」

「咳!阮嘿嘟早幾年就養過啦……不過那是用買的!」

「怎麼樣?」

「死了……」阿菊突然忿忿地說:「阮嘿嘟,嘿嘟據點……養不出啥米啊」……這阿菊激動起來時,話都不成話了。

「……」老方聳了聳肩膀,不哼聲。

「……呷啥米攏無用,豬肉也一樣,還是死了。」

「吃豬肉也不活啊?」

「是啊!」阿菊的聲調黯然許多。

「退伍令還沒下來?」

「嗯……呷豬肉也是無效……。」

「你報了多久了……」

「……三個月啦……只養了兩禮拜就死啦……」

「要那麼久啊……」老方皺起眉頭。

「等吶……抓到我再養一隻。」

「……申請表格在文書那兒吧……。」

「……嗯……雷區那邊八哥很多！」阿菊突然大聲起來。

「嗯……」老方沉吟着。

「阮嘿嘟去雷區抓吧？」

「嗯……表格是誰幫你塡的？……」

「文書啦……雷區太危險了……不過別的地方不好抓呢……」

「嗯……我……」老方突然停了下來，儘看着阿菊。

「……走啦……雷區就雷區吧，免怕！阮嘿嘟上次也是……」

「……不是……我是說……」老方氣極敗壞地。

「那就走吧！」

話沒說完，阿菊便拖着老方走下懸崖了。

五

昏熱氣悶的午後一時。

直射的陽光照在碉堡的四周，把草葉子曬得一根根軟塌塌地垂在地上。

碉堡內，斑剝的石壁在陰冷中，因室外的高溫而滲着幽幽的水珠，原本幽黑的地下室更形潮冷而霉濕。

靠近射口的臺階上，臨着門板的地方，掛了個鳥籠子，一隻小八哥靜靜地立在橫竿一側。牠低着頭一動不動地蜷縮着，黃黃的小喙，似乎喪氣地垂在胸前。

方樹民半躺在床頭，正輕輕地撫摩着他那幾十年來一直隨身不離的小紙包。

他是那樣緩緩地摸弄着，好像是安慰多年的老友一般。但他低垂的臉上却雙眉緊鎖，像有重重心事急待疎解，倒又彷彿是小紙包在安撫着他了。

空氣裏好靜，陽光稍稍在射口移了進來，微弱地照在小八哥身上。牠偶爾撲撲翅膀，在橫竿上移動不息。但那些舉動也只不過無力地幌了幌，便又垂下翅翼，無聲地靜止在那兒。

老方躺了片刻，突然睜開眼睛向射口望去，外面强烈的陽光悠悠地照着，視線所及，只有青草、只有昏黃。他痴望着，突然「唉！」地一聲，衝到門口，拉開木門正要奔出去時，一大片耀眼的光線射了進來，他摀着眼睛呆立在門口，狠狠地罵了一聲：

「去他媽的毛頭小子。」

然後重重地「砰！」的一聲把門關上。

小鳥在驚嚇中飛身撲到籠門，發出一陣强烈的撞擊震動，而老方走回床頭拿起紙包，顫抖地扯開黃紙，便一臉伏了下去，微微啜泣着。

這幾天老方實在消瘦了許多，尤其當連長不准他坐到海邊去，而小八哥也不能消解他的愁悶時，他更加憔悴得簡直不像他自己了。

他當然曾經深思過，那些使他焦躁、煩慮的東西到底是什麼？爲什麼連一向都能使他心安的小紙包，也失去了效用呢？

六

阿菊終於要走了。

打從退伍令下來後，只見他酒也不喝，覺也不睡了，終日都在打點行李。

「莫問題……阮嘿嘟一定馬上寫信給你！」

「……對啦……小生意做一做啦……」

「不一定臺北啦……阮嘿嘟桃園也有很多老鄉……」

「莫問題啦……一個人隨便也有飯吃……」

阿菊興緻沖沖的逢人便說退伍後的打算，在他心裏：「對！對！人生五十才開始……哈！阮嘿嘟……」彷彿一切又有希望了。雖然也有人警告他，認爲他身體不十分好，不要操勞過急，但這一切也都變成一種使人高興的話語了。

船期終於到了，在他打點行李完畢的半個月後。

其實他的行李極其簡單，兩口草綠色的木箱，便足足有餘了。不過，退伍總是一件大事，所以每隔一兩天，總會看到他蹲在房裏統統重新打點一次；二套便服，一件舊西裝上衣，幾雙膠鞋、襪子、毛巾、內衣褲……等，以及一疊發了黃的舊信。

「對！拖鞋也要帶走……」

他簡直忙昏了。

偶爾，老方也過來幫幫忙。

「你帶那麼多東西啊……」

「……莫……莫啊……只有幾件衣服。」一提起那兩套便服，他就滿心歡喜。

「……以後免嘿嘟再穿這個綠衣服啦……回到臺北，我要多買幾件輕鬆的衣服……」

「……省點才好……」

「……莫要緊啦……人老啦……舒服一點……」

他們兩個興高采烈地談着，突然，阿菊抬起頭來：

「方班長……」

「嗯？……」

「阮嘿嘟看你……還是退伍吧……」

「……………」

「老啦……不能再待啦……」

「嗯……」

「阮嘿嘟一起開麵店吧……我在臺灣等你……」

「嗯……」

「眞是啦……不要再想……」

「再說吧……走！我們喝一杯去。」

傍晚了，烏雲漸漸地濃重起來。醉醺醺的阿菊要走了，阿兵哥擁着他上了卡車，一面向他歡呼着。老方站在車下，手拉着阿菊的雙手，兩人默默地沒有一句話。

「……阮嘿嘟……走了……」阿菊輕輕地說。

「……祝你順利……趕快來信……」

「會啦……」

「不再送你了……」老方突地黯然起來，聲音沙啞着。

「免……免……回去吧……」

「……再見……」老方伸回了手。

車子發動了，一陣廢氣冒了上來。車子開始移動，老方揮着手，正想轉回身子時，阿菊突然探出了身子：

「方班長……阮嘿嘟……在臺灣等你啦……」

「……」老方一陣激動，連話都說不上來。

「……還有……八哥放了算啦……養不活啦……」他又大聲地喊着，不過車子已去了好遠了。

老方看著車子漸漸地去了，眼前却一陣模糊。他追著向前跑了幾步，大聲叫了起來：

「……好！……」

卡車再看不到了。寂靜黑沉的夜，白色的蚵殼道路，在黑暗中遙遙的伸向遠方。

七

老方又開始跑步了。在他申請退伍的第二天。

是一件大事吧！他不免再三思量着。不過，許久以來在他心頭繚繞的苦澀總算一掃而光，他益發欣喜起來。

文書說老方的年齡較大，退伍令很快便可下來，然而最快也需幾個月後。

「沒關係！我慢慢等好了。」

他是那樣地高興，連毛頭連長的白眼，他也無所謂了。除此之外，他天天地盼望着阿菊的來信。

「我們還有一番天下要闖呢！」

他時時叮嚀自己，等阿菊一來信，必定要這樣子告訴阿菊。

然而阿菊的信始終沒來。老方開始焦急了。不過那也只是幾天的光景而已。

「沒關係，到了臺灣再說吧。」

「一個人不是照樣能打天下？」

他每每對着逐漸長大的八哥這樣說。

日子在等待中過去了。算算阿菊退伍也有一個半月了，老方的退伍令仍是一點消息都沒有，他漸漸不耐煩起來。

「媽的，連這麼簡單的事也要拖個半天？」

他很是憤怒，而且最重要的，他竟時常半夜做起夢來。這是很嚴重的事了，他自前些時猛然發現頭髮漸落，而三更半夜也頻頻起來小解時，他憬悟到眞是歲月不饒人哪！而現在，連睡覺也不得安寧了，他深自擔心着退伍莫非太晚？然而，退伍令甚至到現在也未曾下來呢！

於是他跑文書室跑得更勤，而晚上的夢也越來越多了。

有時他夢着已經到臺灣開麵店了。有時却又夢到兒時的故居。滾滾的江水，駁貨的舢板以及成群的八哥在籠裏鳴叫。

他甚至還夢到母親在梳洗頭髮的模樣來了。那烏黑油亮的頭髮多香啊！

然而，大多時却是做的惡夢呢！

他夢到阿菊在返臺的船中掉下海去。更夢到敵人的刺刀揷向自己的胸膛，而離家逃難時，母親含淚的眼睛及哥哥催促快走的凜然更時時若虛若實地在夢裏出現。

老方又憔悴下來了。終日裏只見他醉沉沉地歪倒在床舖上。

三個月過了，退伍令仍然杳無蹤影。

是一個陰沉欲雨的下午吧。天空裏烏雲滿佈着，老方在文書室又發了一頓脾氣後，回到碉堡時，意外的看到了一封信。

「來了，阿菊終於來信了。」

他不禁狂呼起來，急切的拆開信封，信紙上只寥寥幾個字，却不是阿菊的筆迹。他匆匆看完，却旋卽呆立在那兒，彷彿發了痴似的，口裏不住地喃喃唸著：

「不可能！不可能！怎麼會呢？」

「不可能……不可能……他說開麵店的……怎麼作臨時工……不可能……搞錯了……摔死？……不會的……」

他漸漸昏眩了，靠在門板上的身子慢慢顫慄起來。

天空中雷鳴隆隆響起，風沙滾滾從門口吹了進來。

老方不知靠在門邊多久了。只見他突然提起了鳥籠，在狂風中向太武山走去。

雷聲更大了，彷彿就在老方身邊響起。他頂着風吃力的站定在懸崖邊上。

此刻的海水是沸騰了吧！激起的白浪在混濁的水色中，澎湃着向岸上擊來。

老方靜靜地站在那兒，臉上出奇地冷漠着。終於他從注視了良久的海岸上拉回了視線，伸手抓出了八哥，兩手向空中一拋，小鳥像斷線的風箏一溜煙地便消失在背後的山岩中。而一陣狂風夾帶着沙石在山上突然湧起，瀰漫了所有的景物。

風慢慢地小了，太武山上恢復了原來的崢嶸面貌。而懸崖上空無一人，只有老方的小紙包被風吹落在岩縫下，幾綹油黑黑的頭髮露出外頭，在海風中微微招引着。

很糟的鼓勵

——代後記

曾經有人問我：「你為什麼要寫作呢？」

通常的時刻，我總是一笑置之，以為這和：「你為什麼要娶她呢？」是同樣愚蠢的問題，不過也有某些時候，我會很莊重肅穆的思索一番，想好好回答這個問題，然而這樣的沈吟，反倒使我支吾其詞，說不出所以然來了。

也許是漸漸的對自己較有所知吧，這陣子來，我想到一句名言：「你們不在牢裡又在幹什麼呢？」應該可以作為我之所以寫作的答案吧。

生活著總要關心時代，關心發生在周遭的事，或許有些事情與小說的藝術無關，而有些痛苦也不必我去唏噓，但我想，顫顫兢兢的去為受苦受難的蒼生說些話，不是值得「在牢裡」的代價嗎？

當然，這只是個借來的譬喻而已，臺灣文藝用小說獎來鼓勵我，希望我能繼續努力下去，那麼，對於那些「不在牢裡的人」來說，這豈不是一個很糟的鼓勵嗎？

一九八〇 二 二十三

鍾延豪謹識于龍潭

滄海叢刊已刊行書目(四)

書名	作者	類別
清真詞研究	王支洪	中國文學
宋儒風範	董金裕	中國文學
紅樓夢的文學價值	羅盤	中國文學
中國文學鑑賞舉隅	黃慶萱 許家鸞	中國文學
浮士德研究	李辰冬譯	西洋文學
蘇忍尼辛選集	劉安雲譯	西洋文學
文學欣賞的靈魂	劉述先	西洋文學
音樂人生	黃友棣	音樂
音樂與我	趙琴	音樂
爐邊閒話	李抱忱	音樂
琴臺碎語	黃友棣	音樂
音樂隨筆	趙琴	音樂
樂林蓽露	黃友棣	音樂
樂谷鳴泉	黃友棣	音樂
水彩技巧與創作	劉其偉	美術
繪畫隨筆	陳景容	美術
都市計劃概論	王紀鯤	建築
建築設計方法	陳政雄	建築
建築基本畫	陳榮美 楊麗黛	建築
中國的建築藝術	張紹載	建築
現代工藝概論	張長傑	雕刻
藤竹工	張長傑	雕刻
戲劇藝術之發展及其原理	趙如琳	戲劇
戲劇編寫法	方寸	戲劇

滄海叢刊已刊行書目（三）

書名	作者	類別
寫作是藝術	張秀亞	文學
孟武自選文集	薩孟武	文學
歷史圈外	朱桂	文學
小說創作論	羅盤	文學
往日的旋律	朱幼柏	文學
現實的探索	陳銘磻編	文學
金排附	鍾延豪	文學
放鷹	吳錦發	文學
黃巢殺人八百萬	宋澤萊	文學
燈下燈	蕭蕭	文學
陽關千唱	陳煌	文學
種籽	向陽	文學
泥土的香味	彭瑞金	文學
無緣廟	陳艷秋	文學
鄉事	林清玄	文學
韓非子析論	謝雲飛	中國文學
陶淵明評論	李辰冬	中國文學
文學新論	李辰冬	中國文學
離騷九歌九章淺釋	繆天華	中國文學
累廬聲氣集	姜超嶽	中國文學
苕華詞與人間詞話述評	王宗樂	中國文學
杜甫作品繫年	李辰冬	中國文學
元曲六大家	應裕康 王忠林	中國文學
林下生涯	姜超嶽	中國文學
詩經研讀指導	裴普賢	中國文學
莊子及其文學	黃錦鋐	中國文學

滄海叢刊已刊行書目（二）

書名	作者	類別
世界局勢與中國文化	錢穆	社會
國家論	薩孟武譯	社會
紅樓夢與中國舊家庭	薩孟武	社會
財經文存	王作榮	經濟
財經時論	楊道淮	經濟
中國歷代政治得失	錢穆	政治
憲法論集	林紀東	法律
黃帝	錢穆	歷史
歷史與人物	吳相湘	歷史
歷史與文化論叢	錢穆	歷史
中國歷史精神	錢穆	史學
中國文字學	潘重規	語言
中國聲韻學	潘重規 陳紹棠	語言
文學與音律	謝雲飛	語言
還鄉夢的幻滅	賴景瑚	文學
葫蘆·再見	鄭明娳	文學
大地之歌	大地詩社	文學
青春	葉蟬貞	文學
比較文學的墾拓在臺灣	古添洪 陳慧樺	文學
從比較神話到文學	古添洪 陳慧樺	文學
牧場的情思	張媛媛	文學
萍踪憶語	賴景瑚	文學
讀書與生活	琦君	文學
中西文學關係研究	王潤華	文學
文開隨筆	糜文開	文學
知識之劍	陳鼎環	文學
野草詞	韋瀚章	文學
現代散文欣賞	鄭明娳	文學
藍天白雲集	梁容若	文學

滄海叢刊已刊行書目(一)

書名	作者	類別
中國學術思想史論叢(一)(二)(三)(四)(五)(六)(七)(八)	錢穆	國學
兩漢經學今古文平議	錢穆	國學
中西兩百位哲學家	鄔昆如 黎建球	哲學
比較哲學與文化	吳森	哲學
比較哲學與文化(二)	吳森	哲學
文化哲學講錄(一)	鄔昆如	哲學
哲學淺論	張康譯	哲學
哲學十大問題	鄔昆如	哲學
孔學漫談	余家菊	中國哲學
中庸誠的哲學	吳怡	中國哲學
哲學演講錄	吳怡	中國哲學
墨家的哲學方法	鐘友聯	中國哲學
韓非子哲學	王邦雄	中國哲學
墨家哲學	蔡仁厚	中國哲學
希臘哲學趣談	鄔昆如	西洋哲學
中世哲學趣談	鄔昆如	西洋哲學
近代哲學趣談	鄔昆如	西洋哲學
現代哲學趣談	鄔昆如	西洋哲學
佛學研究	周中一	佛學
佛學論著	周中一	佛學
禪話	周中一	佛學
公案禪語	吳怡	佛學
不疑不懼	王洪鈞	教育
文化與教育	錢穆	教育
教育叢談	上官業佑	教育
印度文化十八篇	糜文開	社會
清代科舉	劉兆璸	社會